"十三五"国家重点出版物出版规划项目

"创新报国70年"大型报告文学丛书

中国科学院 中国作家协会 中国科学技术协会 联合组织创作

大对撞

叶梅 著

浙江教育出版社·杭州

指导委员会、编辑委员会成员名单

今年是中华人民共和国成立70周年。70年时间，在历史的长河中如白驹过隙，但在中华民族的历史上却是浓墨重彩。中国人民在中国共产党的领导下，从苦难深重的旧中国站起来，在一穷二白的条件下富起来，在百年未遇的变局中强起来，中国特色社会主义事业取得了一个又一个巨大成就。

成立于1949年11月1日的中国科学院，始终与祖国同行、与科学共进——70年来，在党中央、国务院的坚强领导下，几代科学院人不懈努力、顽强拼搏，始终以"创新科技、服务国家、造福人民"为己任，为我国经济发展、社会进步、国家安全等诸多方面做出了重大贡献，成为党、国家、人民可以依靠和信赖的国家战略科技力量。70年峥嵘岁月，中国科学院产出了一大批创新报国的科研成果，涌现出一大批创新报国的先进代表和典型事迹，几代中国科学院人共同谱写了创新报国的华彩乐章。

"创新报国"是中国科学院的优良传统。无论是1965年在世界上首次人工合成牛胰岛素，抑或1988年北京正负电子对撞机首次对撞成功，还是2017年构建天地一体化广域量子通信网络，中国科学院人创新报国矢志不渝。以北京正负电子对撞机为例，邓小平在参观北京正负电子对撞机国家实验室时指出："任何时候，中国都必须发展自己的高科技，在世界高科技领域占有一席之地……高科技的发展和成就，反映了一个国家和民族的能力，也是一个国家兴旺发达的标志。"北京正负电子对撞机的建成，奠定了我国在粒子物理学领域的国际领先地位，是继"两弹一星"之后，我国在高科技领域的又一重大突破性成就。党的十八大以来，习近平总书记始终把创新摆在国家发展战略全局的核心位置，指出"科技是国家强盛之基，创新是民族进步之魂"。中国科学院发扬创新报国的优良传统，不辱使命，再立新功，从"中国天眼"、散裂中子源等重大科技基础设施，到"悟空"号暗物质探测器、"墨子"号量子实验卫星、"慧眼"硬X射线调制望远镜卫星等系列科学实验卫星，再到铁基高温超导、多光子纠缠、中微子振荡新模式、水稻分子育种、量子反常霍尔效应等基础前沿重大创新成果，都充分体现了国家战略科技力量的使命担当和实力水平。

"创新报国"是中国科学院人科学精神的集中体现。无论是扎根边疆、献身植物科学研究的蔡希陶先生，坚持实地调研、重视一手资料的地理学家周立三院士，还是时代楷模"天眼"巨匠南仁东先生、药理学家王逸平先生，他们都用毕生的科学实践诠释了求实、创新、奉献、爱国的科学精神。以南仁东先生为例，为了给"天眼"选址，他跋山涉水，在贵州的深山里奔波了12年；身为项目首席科学家兼总工程师，他淡泊名利，长期默默无闻工作在一线。我们要珍惜这些宝贵的精神财富，大力弘扬他们在科研工作中体现出来的科学精神和专业精神，营造良好的创新文化氛围，推动创新文化建设，增强广大科研工作者的历史使命感和责任感。

"创新报国"是中国科学院科学文化的核心理念。科学文化是影响创造性科研活动最深刻的因素，是科学家创造力最持久的内在源泉。基础研究和原始创新要求科学家具有勇于探索、敢为人先的创新精神，严谨认真、锲而不舍的治学态度，无私忘我、甘于奉献的崇高人格，不辱使命、至诚报国的伟大情怀。中华人民共和国成立之初，百废待兴、百业待举。竺可桢、吴有训等一批饱经战火洗礼的爱国科学家毅然选择留在新中国；赵忠尧、钱学森、郭永怀等一批优秀科学家纷纷放弃海外优厚的生活条件，克服重重阻挠回到祖国。在当时十分艰苦的条件下，他们以高度的爱国热忱投身于新中国的科技事业，积极参与新组建的中国科学院的建设，研制"两弹一星"，制定"十二年科技规划"等，使新中国许多空白领域得到填补，新兴学科得到发展。中国科学院70年的奋斗历程，始终依靠的就是这种文化和精神，我们必须珍视和弘扬。

　　"创新报国"对新时期我国科学文化建设具有重要意义。科学文化本质上是一套行为准则、社会规范和价值体系，包含科学知识、科学方法、科学思想、科学精神等方面。一方面，"创新报国"已经内化为我国科学文化的一部分。"服务国家、造福人民"不但是广大科技工作者的历史使命和社会责任，也是科技工作的出发点和落脚点。另一方面，科技工作者在具体的创新活动实践中，不断深化和丰富了科学文化的内涵。他们所取得的面向世界科技前沿、面向国家重大需求、面向国民经济主战场的创新成果，帮助我们进一步坚定了民族自信和文化自信，为科学文化建设提供了强有力的科技支撑。

　　五年前，出于提高全民族科学文化素养的共同责任，中国科学院、中国作家协会、中国科学技术协会前瞻性地部署了"创新报国70年"大型报告文学丛书项目，目的是聚焦"创新报国"的主题，回顾我国70年重大创新成就，展现杰出科技工作者群体风貌，倡导科学精神、奉献精神和创新精神，弘扬爱国主义、集体主义和理想主义。

　　五年时光，倏忽而逝。这期间，作家舟车劳顿、深入基层采风，审读专家埋首伏案、逐字逐句精心审读，中国科学院研究所同志翻检档案、提供支撑保障，中国作家协会、中国科学技术协会、中国科学院机关和工作团队的同志们鼎力支持、居间协调，浙江教育出版社的同志仔细审稿、严控质量。几许不眠夜，甘苦寸心知。而今，"创新报国70年"大型报告文学丛书首批作品即将付梓与读者见面，相信这批融合了科学与文化、倾注了心血与智慧的作品，这套向历史致敬、向时代献礼的报告文学，能让我们重温激情燃烧、砥砺奋进的70年岁月，进一步坚定执着前行、无悔奋斗的信念，去努力实现建成世界科技强国的美好梦想。

中国科学院院长、党组书记

白春礼

中国科学院学部主席团执行主席

2019年6月

目录

北京。

中国高等科学技术中心的会议室里，挂着几幅名家所作的画，都与科学有关。有的出自外国画家的笔下，画面上激光四射奇幻莫测，似乎象征着宇宙间的无穷奥秘。另外几幅中国画，一幅是黄胄先生的马，双目炯炯奔腾而来，智慧而灵动；一幅则是李可染先生所作的"核子重如牛，对撞生新态"，画面上两头壮实的公牛肌肉紧绷，拼足了浑身气力低头对撞。

似乎刹那间就会火花四溅。

曾经画遍了层林尽染，漫山红遍，充分表现出无限风光尽收眼底的潇洒与展拓的著名画家李可染，据说在画完这幅双牛对撞图之后，却是气喘吁吁，连说太累了，太累了。就李可染先生的深厚功底而言，岂会吃力于两头牛？只是因为画家全身心地投入到他所要表现的重大主题——核子对撞。

在中国，最为著名的科学对撞为北京正负电子对撞机（BEPC）。

我国第一台大科学装置。

何为正负电子对撞机？

科学的解释，就是将正电子和负电子（即通常说的电子）分别加速到接近光速，使它们具有很高的能量，在磁场的约束下让它们迎头对撞的装置。根据爱因斯坦相对论的著名公式 $E=mc^2$，正电子和负电子湮没后，会产生其他比电子质量大的新粒子。

李可染先生的画作艺术地再现了爱因斯坦的判断：正负电子就像两头迎面高速奔跑的牛，拼命地撞向对方，两者相遇的一刹那，产生巨大而又猛烈的风驰电掣千钧之力，如电闪雷鸣，就在那些像焰火一般散开的碎片中，科学家可能捕捉到未曾发现过的物质。

还有一位名冠中西的著名画家吴作人先生，也曾用他的画笔对北京正负电子对撞机做出阐释。

带有正负电荷的粒子之间的相互作用，形成了原子、分子以至世间万物；而正负两极的对偶结构，在中国古代哲学里被称为"阴阳"，吴作人就此画了一幅变形太极图《无尽无极》。他挥洒笔墨，心连天宇，两道反向交织又指向无边境界的力与光，浩浩渺渺，飘然而又无所不及。

这幅画后来成为北京正负电子对撞机的标识，同时成为中国科学院高能物理研究所（后文简称中科院高能所）的标识。

北京正负电子对撞机建设动工于1984年，1988年成功建成，2004年二期改造，2009年完成。目前，它是世界上为数不多的高能加速器之一，是中国与世界高能物理研究的重大科技基础设施。从飞机上俯瞰京城西部，可见绿树掩映之中，有一只巨大的"羽毛球拍"，它正是由202米长的直线加速器、输运线、周长240米的环型加速器（也称储存环）、高6.5米重650吨的北京谱仪和围绕储存环的同步辐射实验装置等几部分组成的北京正负电子对撞机。

强国重器。

北京正负电子对撞机的出现，标志着从一个贫弱的旧中国到新中国，从一个奋发向上的大国到世界强国的艰辛历程。早在20世纪50年代，中国科学家们就萌生梦想，希望建造一台高能加速器，但几经曲折，前后经历了所谓"七下八上"，直到20世纪80年代以后，北京正负电子对撞机和北京谱仪的建造（即"BEPC"工程），才得到正式批准，1984年破土动工。

"BEPC"工程中的一个关键词就是"高能"。

高能物理学（high energy physics）又称粒子物理学或基本粒子物理学，是物理学的一个分支学科，研究比原子核更深层次的微观世界中物质的结构、性质，以及在很高的能量下，这些物质相互转化的现象，和产生这些现象的原因与规律。它是一门基础学科，需要用人工加速带电粒子，让带电粒子的速度大大提高，即能量大大提高，达到或超过某一数值后对撞，转化成另一种粒子。人们可以研究这样对撞产生的各种各样的新粒子。

对各种粒子的了解，其实是对自然的了解，是最根本的问题。

人们对中国建造对撞机曾几度充满疑惑，因为技术难度极大，许多方面在国内都是空白。中国加速器的水平在20世纪80年代初落后国际水平至少30年，必须在短时间内建造出一台国际先进水平的高能加速器，才具有一定的竞争力和重要的科学意义。有人打比方说，这好比站在铁路月台上，想要跳上一辆疾驰而来的特别快车，跳上去了就飞驰向前，如果没有抓住，便会摔得粉身碎骨。

但中国不能没有高科技，高科技不能没有高能加速器，中国在世界科技领域里必须占有一席之地。经过一代代中国科技人数十年的卓越努力，结果是，中国人不仅抓住机遇跳上了火车，而且一路前行。从动工到1988年，仅用短短4年时间就安装建成并投入使用，之后很快取得了一系列科技成效，成为中国继原子弹、氢弹、人造卫星之后，所取得的又一伟大成果。世界为之轰动，国际科学界普遍赞扬，称它“是中国科学发展的伟大进步，是中国高能物理发展的里程碑”。

北京正负电子对撞机成为中国科技发展一个标志性的科研项目，令中国人自豪，让世界尊重！

它就像一条从雪山发源的河流，延伸、牵引着无数涓涓小河，促进了一系列科研成果的诞生，涉及高功率微波、高性能磁铁、高稳定电源、高精密机械、超高真空、束流测量、自动控制、粒子探测、快电子学、数据在线获取和离线处理等高技术，其设计指标基本上达到了当时国际技术的极限。北京正负电子对撞机"一机两用"，其同步辐射光源对社会开放，成为我国凝聚态物理、材料科学、化学、生命科学、资源环境及微电子交叉学科开展科学研究的重要基地，取得了一系列具有重大经济、社会效益的成果；催生了一大批新技术、新工艺和新发明，被广泛应用于农业、工业、林业、采矿业、制造业、航天、卫生、信息等各个领域，造福于中国，造福于全人类。

它的成功建造同时也是世界加速器建造史上的一个奇迹，中国为人类创造了一把揭开物质微观世界之谜的"金钥匙"。

一部大对撞，风云际会，英才辈出，群星荟萃，光辉粲然。

第一章

Chapter One

一、弗拉塔街16号

丙申六月，我随中国作家代表团前往波兰华沙，在这座东欧古城一条并不起眼的小街上，我沿着泛光的石板路走了好几个来回，寻觅居里夫人故居。头一回未找到，后来再次核对了地址，弗拉塔街16号，才确信那座被蓝色的尼龙布遮蔽了一半的小楼就是居里夫人故居博物馆，其时正在装修。

伟大的物理学家居里夫人1867年就诞生于此，原来的老房子在"二战"时被夷为平地，这是后来重新修建的。

咖啡色与粉红色相间的小楼安静地伫立着，虽然在装修，但并没有机器的轰鸣嘈杂声，一些头戴蓝色安全帽的工人在脚手架上有条不紊地工作着。邻近的楼舍前，一簇簇玫瑰花、康乃馨，还有金黄的日光菊和千瓣葵，正在热烈地开放，波兰人都喜欢在自家房屋前后种上花草，就连窗台上也常有花儿点缀。一位穿黄裙子的妇人正弯着腰给门前的花儿浇水，一缕阳光洒在花儿和她身上。居里夫人的故居显得一片安宁温馨。

我想象着那位神情坚毅的女性也穿着长裙从门里进出的情形，心中的敬意油然而生。她仿佛就在眼前，瘦削的身材，脸瘦瘦的，甚至有些憔悴，常年的劳累让她看上去超出了实际年龄，但眼神里却闪烁着超人的热忱和顽强。

人们说，在世界科学史上，玛丽·居里是一个永远不朽的名字。这位伟大的女科学家，以自己的勤奋和天赋，在物理学和化学领域做出了杰出的贡献。她一生的智慧用于对微观世界和物质结构的不断探索，发现了钋和镭。1903年，她与丈夫皮埃尔·居里及亨利·贝克勒尔共同获得了诺贝尔物理学奖；1911年，她又因放射化学方面的成就获得诺贝尔化学奖。她是唯一一位在两个不同学科领域、两次获得诺贝尔奖的科学家。

爱因斯坦曾这样评价这位了不起的女性："她一生中最伟大的功绩——证明放射性元素的存在并把它们分离出来——之所以能够取得，不仅仅是靠大胆的直觉，而且也靠着在难以想象的极端困难情况下对工作的热忱和顽强。这样的困难，在实验科学的历史上是罕见的。"

是的。好多年里，这位原本貌美如花的夫人就守着一间四面透风的棚屋，她安置下几口大锅，系着围裙，亲手用一些粗粗的木棍在锅里搅拌，一搅就是一天。长年累月，周围的人们都十分不解，这个念了很多书的女人究竟在干什么？她熬煮的是什么东西，散发出一阵阵刺鼻的气味，让所有的人都不愿意走近？

谁都不会相信这位女物理学家将要发现的，会是影响人类命运的重要物质。她在用最简陋的工具提炼金属。

居里夫人在对已知的化学元素和所有的化合物进行研究的过程中，获得了重要的发现：一种叫作"钍"的元素也能自动发出看不见的射线来，这说明元素能发出射线的现象绝不仅仅是铀的特性，而是一些元素的共同特性。她把这种现象称为放射性，把有这种性质的元素叫作放射性元素。它们放出的射线就叫"放射线"。

她还根据实验结果预料：含有铀和钍的矿物一定有放射性，她排除了那些不含放射性元素的矿物，在实验中，她发现一种沥青铀矿的放射性强度比预计的强度大得多，她果断地在实验报告中宣布了自己的发现，并努力去证实它。

她必须从沥青矿石中分离出更多纯净的镭盐。

寻找新元素的唯一线索是它有很强的放射性，她与丈夫创造了一种新的化学分析方法，但是他们没有钱，没有实验室，只有最为简陋的设备。她重复着最简单的苦力劳动，在大锅里熬炼沥青铀矿，日复一日。

支撑她的是一种顽强的信念。当然，她也会像一位好奇的少女，在疲惫的劳作之后，忍不住一次次问丈夫，那尚未出现的物质，究竟会是什么模样？

丈夫抚摸着她的手，她手上的皮肤变得越来越粗糙，甚至布满了血痕，心疼地回答说：它一定是美丽的，就像天上的星星。

在丈夫的想象中，他和妻子共同寻找的秘密，藏匿在不可知的地方，但它的美丽若隐若现，就像跳跃的星星，闪动在前方，有时候似乎伸手可及，有时候又好像非常遥远。正是这样的牵引，使得这一对夫妻舍弃了人间其他的享受和乐趣，全身心地专注于此。1902年，他们终于找到了预测中的物质。当居里夫人为这种新发现的元素取名时，她首先想到了自己的祖国波兰，便取了与波兰一词的词根相同的"钋"，以此表示对祖国的一往情深。钋，后来被列在元素周期表上第84位。

几个月以后，他们又发现了另一种新元素，并把它取名为"镭"。那一小点的镭，只有十分之一克，极为纯净，极为难得。居里夫人费尽千辛万苦提炼出镭，并准确地测定了它的原子量。那细细的白色结晶，放着光泽，它与任何已知元素的谱线都不相同，它是放射性最强的元素。

利用它的强大放射性，能进一步发现放射线的许多新性质，使许多元素得到了进一步的实际应用。它的威力改变了人类对物理学的看法，也改变了人类命运的走向。

这位伟大女性的探索精神如同火炬，照亮了后来无数科学家的心灵。她一生坎坷艰辛，幼年丧母中年丧夫，她的座右铭是："我从来不曾有过幸运，将来也永远不指望幸运，我的最高原则是：对任何困难都决不屈服！"

我在华沙街头，在居里夫人的故居旁徘徊，这里有她留下的足迹，在那些发光的石板上，她步履匆匆，神情严肃。我沿着她走过的小街，一直走到尽头，心里除了洋溢着对这位女科学家的崇敬，自然联想到咱们中国那些令人尊敬的物理学家。

那段时间，我正在不停地采访他们。

二、格　致

　　当居里夫人由于在物理和化学方面惊人的发现而获得诺贝尔奖时，中国的物理学几乎还是一片空白。

　　从20世纪20年代到1949年，贫弱中国的物理学刚刚起步，最初是派一些留学生去国外学习物理，少数人回来后在各大学里教授一些物理课程，但开不起一个班，也不可能每所大学都有物理研究所，因为根本没有中学阶段的物理教学，只能先从大学里很少的学生教起。

　　中国物理学家最早的前辈之一吴大猷先生，算是最为了解中国物理发展的科学家了，他在年近九十高龄之际，应李政道等晚辈们的邀请，在我国台湾、香港、大陆等地作了多次演讲，后来由他的学生将他的讲话录音整理成了一本书，叫作《早期中国物理发展之回忆》。这本书由他口述，黄仲彦、叶铭汉、戴念祖整理，柳怀祖编。

　　书的封面是吴大猷先生的头像，吴先生一头银发、长长的寿眉，目光睿智而又恬淡，他双手搁在胸前，仿佛正对着凝神听他演讲的学生：

我给大家说明一下这个统计数字，这是20世纪的前半个世纪，从1900年到1952年的统计数字。这个时期：

1900年到1910年，在国外获得物理学博士学位的只有1个人。

1911年到1920年，这十年内获得物理学博士学位的共有2个人。

所以若从20世纪的起首讲，这时中国的物理学研究可以说是一片空白，没有近代物理。

1921年到1925年，这时期是我所说的训练第二代物理学家的阶段，这时候出国留学念物理学获得博士学位的有9个人，比之前稍微多了一点。

1926年到1930年，这五年里获得物理学博士学位的有10个人。

1931年到1935年，获得物理学博士学位的有24个人，我就在这个阶段里。

……

在吴先生的说明里，可以得知20世纪初，中国学习物理的人寥若晨星。吴先生在1925—1929年就读于南开大学，那时的南开还只是一所规模很小的私立学校，整所大学的学生不过300人。吴先生就读的那一届，所谓物理系毕业的就只有他一个。真是稀有品种啊。

当时南开大学教授物理的老师只有两位，一位饶毓泰，一位陈礼先，陈教授还主要是教关于电机和应用方面的课程，物理课差不多就是饶先生一个人教。饶先生曾留学美国，获芝加哥大学理学学士学位、普林斯顿大学哲学博士学位，1922—1929年任南开大学物理系教授、系主任。后来，饶先生去了德国，做研究去了，刚毕业的吴大猷留校，成为教力学和现代物理的老师。他自嘲为："蜀中无大将，廖化做先锋。"后来他也到美国密歇根大学留学，聆听了一批世界著名物理学家的授课，然后踌躇满志地回到国内，先后在北京大学和西南联合大学（后文简称"西南联大"）任教。

北京大学最初成立的理科学院，名称里却没有理工，而是叫"格致"，显然源于传统的儒家学说。"格物致知"一词出自《大学》，是儒家一个重要的哲学概念。格，至也。物，犹事也。致，推极也。知，犹识也。北宋朱熹认为，"致知在格物者，言欲尽吾之知，在即物而穷其理也。"这是朱子对格物致知概括、精确的表述。推极吾之知识，欲其所知无不尽也；穷至事物之理，欲其极处无不到也。朱熹认为格物致知就是即物穷理，凡事都要弄个明白，探个究竟。

那位曾给吴大猷教过物理的饶毓泰先生去德国做了一段时间研究之后，辗转回到中国，成为北京大学物理系教授、系主任、理学院院长。饶先生1948年当选为中央研究院院士，1955年为中国科学院数理化学部学部委员（今称院士）。他为中国物理学的研究和教育事业做出了极为重要的贡献。

清华大学稍后才成立物理系。1925年，清华由原来留美的预备学校成为一座功能齐全的大学，并设立物理系，那里出了一位重要的人物——叶企孙。1911年初，清政府将原来负责派遣留学生的游美学务处改为清华学堂，同年2月招生时，叶企孙还不满13岁，他在父亲的鼓励下报考了清华学堂并被录取，成为其第一批学生。从清华毕业之后，他赴美国芝加哥大学学习物理，1920年获物理学学士学位，并于同年9月进入哈佛大学研究生院，攻读博士学位，师从实验物理大师P.W.布里奇曼（P.W. Bridgman）。布里奇曼1946年获诺贝尔物理学奖，在他的指导下，叶企孙投入压力对铁磁性物质磁导率影响的研究，研究成果作为他的博士论文于1925年发表。布里奇曼在其《高压物理学》一书中对叶企孙的这一工作给予详尽介绍和高度评价。

叶企孙从事的这项研究，为他日后回国开创我国磁学研究奠定了基础。1925年8月，叶企孙应聘清华大学物理系副教授。清华大学物理系成立之初，由梅贻琦任系主任，学生有王淦昌、周同庆、施士元和钟间。随后，梅贻琦接任清华大学教务长，物理系主任一职便由已升为正教授的叶企孙担任。叶企孙先后聘请了许多富有才华的科学家到清华大学，如吴有训、萨本栋、赵忠尧、周培源等。叶先生在物理学方面的研究自不待说，重要的是他先后在清华大学、北京大学培养了一批又一批物理学研究人才。

可以说从那时起，中国的物理学研究才初见端倪。

也从那时起，中国古老的"格物致知"才由想象和推理，进入到真正科学的轨道。

三、寻找希格斯粒子

若干年过去。

人类对物质结构的认识实现了一次次重大突破，每一次都会对人类社会的发展产生重大影响。20世纪30年代对原子核的研究，开辟了人类利用原子能的时代。继而，高能物理进入比原子核更深层次的物质结构的研究。人们意识到，一旦微观层次的奥秘进一步被揭示，无疑会给人类带来新的文明。

世界究竟是由什么组成的？

诸如此类看似简单却极为深奥的问题在人们心头萦绕，从古至今，人们面对苍穹，发出各种疑问。随着科学的不断发展，这些疑问被一个个解答，但是一个个新的疑问又产生了。宇宙展开一条条"隧道"，不断往前延伸，随之呈现的秘密变得更加精细和奇异，寻找答案也变得更加复杂和困难。

说实话，作为一个写惯了日常生活的作家，我一开始接触物理学，面对原子、粒子、对撞机这些话题时，不能不感觉生涩，它似乎离我们太过遥远，即使从理论上理解它在多个领域里存在并发生作用，仍然不知其味。

只有沉下心一步步走进去，走进那些深邃的通道，才会感觉它与无垠的宇宙相连，然而又奇妙地无处不在。那些杰出的科学家就像开掘矿藏的能手，通过他们的掘进与发现，我们才得以知晓世界原来是什么模样。对世界的看法必定会影响人生的态度和生活方式。

这一切与哲学相通。

2500年前，所有的古希腊哲学家孜孜以求的是他们对自然界的美丽与和谐的感觉，以及他们的逻辑推理和想象的能力。希腊人谨慎地把形式（form）和实质（substance）区分开来，认识到世界是由物质组成的，物质可以拥有多种不同的形式。公元前5世纪的西西里哲学家恩培多克勒（Empedocles）认为，这种形式上的多样性可以简化为四种基本形式，就是所谓的"古典元素"：土、气、火和水。那时的人们断定这些元素是永恒的和不可毁灭的，它们浪漫地组合在一起，又相互冲突而分开，从而形成了世间万物。

而起源于公元前5世纪的另一个学派认为，世界是由微小的、不可分的且不可毁灭的物质粒子即原子组成的。原子代表所有物质的基本组分，负责构成所有的物质。

公元前4世纪，柏拉图发展出一套理论，解释原子是如何构建的，从而组成四种元素。应该存在某些最基本的组分，作为不可否认的存在，构成人们放眼所能看到的物质世界的基础，并赋予其形式和形状。质量是由相互作用的能量组成的，包括无质量的基本粒子的相互作用。

终于说到粒子了。

17世纪初期，正式的实验科学兴起之后，很快超越了古希腊那种思辨性的思维方式。新时代的科学家们拿自然界本身来做实验，找出证据说明世界实际是怎样的。正当人们激烈地论证原子的真实性时，英国物理学家汤姆孙（Joseph John Thomson）在1897年发现了带负电荷的电子。

在汤姆孙的发现之后，英国物理学家卢瑟福（Ernest Rutherford）于1910年在实验室里又有了惊人的发现：一个微小的、带正电荷的原子核处在原子的中心，而带负电荷的电子环绕着原子核运转，就像行星环绕太阳一样。卢瑟福的实验揭开了原子的秘密：一个普通原子的直径约为10^{-10}米，仅有1毫米的千万分之一，而原子核更小，只是原子的万分之一。

发现原子核之后，人们想知道，原子核的内部还会有什么呢？最简单的办法就是将它击碎来看一看。于是，寻找"炮弹"，也就是各种加速器的设想开始活跃起来。

20世纪20年代，量子力学诞生。英国物理学家狄拉克（Paul Dirac）在1927年把量子力学和爱因斯坦的狭义相对论结合在一起，提出了反物质的概念。

1932年，英国物理学家查德威克（James Chadwick）发现了中子。中子本身不带电，但它与带正电的质子紧挨在一起，组成原子核。

答案是：世界上所有的物质都是由元素构成的。这些元素种类繁多，从化学元素周期表中可以看出，从最轻的氢元素一直排到了新发现的118号元素——氯。每个元素都是对一类原子的总称，每种原子含有一个原子核，后者由不同数目的带正电荷的质子和电中性的中子组成。

到这时，人们意识到，原子并非如古希腊人认为的那样坚不可摧，原子是可以改变的，可以从一种形式转化为另一种形式。

粒子物理学从诞生到今天，经历了60多年的时光，取得了巨大的进展，目前已经形成了一套比较完整的理论——标准模型理论。这套理论能帮助人们系统地认识基本粒子大家族，了解物质深层次的结构。在标准模型理论的描述里，微观世界由四种力和三类粒子家族构成。

1991年当选为中国科学院院士的加速器物理学家方守贤，在他的著作《神通广大的射线装置》中写道：

"四种基本力为引力、电磁力、强相互作用力、弱相互作用力。世间万物的千变万化都是通过四种基本力起作用。万有引力是宏观世界中物质间的相互作用力，而其他三种力均在微观世界的基本粒子间发挥作用。电磁力在人们日常的生产、生活中天天遇到，其作用范围可以延伸到很远，叫作长程力。把质子和中子紧紧地聚集在一起形成原子核，靠的是它们之间的强相互作用力，也叫核力。核力是短程力，作用范围在 10^{-13} 厘米尺度之内。"

而三类基本粒子家族是：轻子、夸克和传递子。

这些粒子的发现就如一个个新生儿的诞生，科学家们俨然是值得依赖的父母，他们给这些粒子起名时，融入了自己对科学以及艺术、生活的联想。美国科学家盖尔曼刚提出基本粒子理论模型时引入夸克，还仅是一种符号，于是从文学作品中借用了一个当时字典里还没有的词——"夸克"（quark）。

目前已经知道有六种夸克，参与了强相互作用。

然而，粒子物理的标准模型理论并非完美，它对一些问题无法给出令人满意的解释。科学家在观察这些基本粒子的时候发现，有一个奇怪的现象，夸克总是被"囚禁"在强子中，实验上至今无法把它从强子中释放出来，变成自由的夸克。这增加了研究夸克的难度，对夸克的认识只是通过研究强子的结构间接了解的。

那么，夸克和轻子是否具有更深层次的结构？

它们存在质量差别的原因是什么？

粒子的质量是从哪里来的？

1964 年，比利时物理学家弗朗索瓦·恩格勒特和英国物理学家彼得·希格斯几乎同时各自发表了一篇学术理论文章，提出一种粒子场的存在，预言一种能吸引其他粒子而产生质量的玻色子的存在。他们认为，这种玻色子是物质的质量之源，是电子、夸克等形成质量的基础。一石激起千层浪，这篇文章引发了物理学界的激烈争论，全世界的物理学家都开始着力寻找"希格斯粒子"。但是，多年未有结果，有的人认为希格斯粒子根本就不存在，完全是一派徒劳；而有的人则认为希格斯粒子确实存在。它或许就像当年居里夫人坚信在那口大锅里，所熬煮的金属中藏匿着神秘的物质一样，考验着人的耐心。

更多的人形容它像一个漂浮的、不可捉摸的幽灵。因此，有人将这个预言中的尚未被发现和证明的希格斯粒子称为"上帝粒子"。

在不相信希格斯粒子存在的著名科学家中，有伟大的天才科学家斯蒂芬·霍金。2000年，他与美国物理学家凯恩打赌，赌金为100美元，他认为不可能存在希格斯粒子。可这回他输了。

看来天才也不是任何时候都能掌握真理，正如林肯所言："卓越的天才不屑走一条人家走过的路，他寻找迄今没有开拓过的地区。"

2012年7月4日，酷似希格斯玻色子的新粒子在日内瓦的欧洲核子研究组织（European Orgnization for Nuclear Research, CERN）被发现。这一消息瞬间传遍全世界。这个粒子正是恩格勒特和希格斯1964年假设或"发明"出来的，最终由数十亿美元造价的世界上最大的加速器及探测器发现了。

希格斯本人足足等待了这个粒子48年。

上帝创造了它，但将它藏匿在人类不容易发现的地方，它既在宇宙深处，其实也在人类眼前。如何找到它，是给人类的一道试题。

它如此重要，宇宙因它而没有坍塌，也可能因它而彻底消失。希格斯场原本是一种不可见的、遍及整个宇宙的能量场，假如没有希格斯场的话，那么宇宙的基本粒子就不会有质量，也无法构建任何东西。

为了找到它，世界上一些实验室建造了巨大的加速器，一步步接近目标，终于揭开了这个难解之谜。

粒子物理研究每前进一步都伴随着带电粒子加速器的发展，意味着要有大量的资金投入、大幅度的技术提升。在国际上，加速器现已形成多种类型，按能量分成高能加速器、中能加速器、低能加速器；按束流强度分为强流加速器和弱流加速器；按被加速粒子种类分为电子加速器、质子加速器和重离子加速器；从外形分为直线加速器、环形加速器；按实验方式分为打固定靶加速器和对撞加速器两种。

不同的加速器服务于不同的科学目标，方守贤先生曾在《神通广大的射线装置》一书中对此做出归纳，让人一看就能明白加速器的作用：

一是寻找新粒子。如寻找希格斯粒子。

二是研究已知粒子的性质。

三是研究作用力。

四是检验新理论和新思想。

五是歪打正着。

所谓歪打正着，指的是一些意想不到的发现。

从蒙昧走向光明的中国物理学界，在20世纪后半叶，突然意识到，前方可能会有一座巨大的宫殿，它虽然暂时还只在人们的想象之中，但却是通往科学彼岸的必经之处。

人们开始走近它。

那就是大型高能加速器。

四、白桦林的清香

1949年11月1日，中国科学院成立。

这个时间与新中国的建立几乎同步，一点儿都没有耽搁。

为了开展原子核科学技术的研究，国家决定将原北平研究院原子学研究所、原中央研究院物理研究所原子核物理部分合并，组成近代物理所。

这是中科院高能所的最早前身。

京东皇城根，茂密的柳树下，由中国科学院副院长吴有训兼任所长、钱三强任副所长的近代物理所挂牌。一年之后，钱三强接任所长，1952年王淦昌、彭桓武担任副所长。

那是一段中国物理学家都难以忘怀的美好时光。新中国成立初期，物理学人才屈指可数，钱三强所长与两位副所长四处奔波，网罗人才，从北大、清华以及上海、南京请来几员大将，又从一些大学物理系里挑选出一批优秀青年。

方守贤就是从那时进入近代物理所的年轻人。

1951年秋，上海出生长大的方守贤以高分考入上海交通大学物理系。入学之初，数学、物理两系一共才20多个学生，不得不合并上课。1952年全国进行教育改革，在院系调整中，方守贤被调到复旦大学物理系。复旦大学物理系一个班有60多个学生，都是从一些名校选拔而来的。

复旦大学物理系配备的师资很强，著名教授卢鹤绂、谢希德、周同庆、周世勋等学识超群，讲课清晰，逻辑推理严谨。方守贤和同学们一道，课余时间还去啃一些大学物理俄文或英文原著、参考书，大大加深了对课程内容的理解，也增强了自学能力，最后，方守贤以名列前茅的成绩从复旦毕业，被选拔到近代物理所。

到了北京，他很幸运地被安排在著名物理学家王淦昌先生门下，从事高能加速器的设计及研究工作；又在徐建铭先生的直接指导下，学习电子同步加速器的理论设计。既有理论又有实践，这是方守贤一直追求的目标，他算得上是如愿以偿。

而且，特别令他兴奋的是，与他同时进所的还有一批同龄人，一张张充满朝气的面孔，南腔北调，都有着同样的追求。那会儿，从京东皇城根搬到西郊中关村新建的物理大楼，可是热闹起来，原本只有几十个人的近代物理所一下子增加了一百多人。

王淦昌、梅镇岳、朱洪元等老专家都来给新来的年轻人加油补课，大家学习劲头十足，如饥似渴地读书、研究，整栋物理大楼不到夜里12点不会熄灯。早晨，那些年轻人精神抖擞地走进大楼；夜晚，一个个窗口灯光闪烁之下，有的伏案攻读，有的埋头实验。他们心里燃烧着对科学的热情，即使谈恋爱，也要先把学习、实验安排好，才挤出一点时间去跟对象会个面。那时候谈恋爱叫找对象，找对象的标准少不了的一条，就是对科学事业的理解和支持。

1957 年春，一个重要的学习机会降临到方守贤头上。

当时国家精心挑选了十多个人，由王淦昌先生带队，在通过外语突击培训后，公派到苏联列别捷夫物理研究所和杜布纳联合核子研究所实习、工作。从这次计划可以看出，中国对于原子能、高能加速器的研究，从那时起就提上了议事日程。方守贤成为该计划中的一员，被分配学习与加速器相关的知识，并负责初步的理论设计。这令他欣喜有加。

苏联列别捷夫物理研究所是以1866年出生的著名物理学家列别捷夫命名的。列别捷夫1887—1891年先后在德国的斯特拉斯堡和柏林由A.孔脱、F.科尔劳施、H.冯·亥姆霍兹等人领导的实验室中工作，后来返回俄国，在莫斯科大学任教，并筹建起实验室。列别捷夫对物理学的主要贡献是研究光对于固体和气体的压力，为光的电磁理论提供了实验证据。十月社会主义革命以后，苏联科学院在他生前所建立的俄国第一个物理研究机构的基础上，建立了以他的名字命名的物理研究所。

列别捷夫把许多优秀的物理学家组织在一起，建立了俄国物理学的一个学派，其中有知名学者拉扎列夫和后来担任苏联科学院院长的瓦维洛夫等，他们都为苏联物理学的发展做出了重要贡献。

中国的年轻学者们在苏联经历了他们人生中重要的一段时光。

而最让他们倾心的是那座世界著名的国际科学城——核物理和高能物理研究中心——杜布纳联合核子研究所（Dubna Joint Institute For Nuclear Research）。

在莫斯科州北端，平静而又宽阔的伏尔加河畔，白桦林与红松簇生的森林里，散发着的阵阵清香，环抱着这座世界瞩目的科学中心。它象征着"二战"之后，处于高速发展时期的社会主义阵营的力量。

随着"二战"结束，世界上原先从事武器研究的一些实验室，如美国的洛斯阿拉莫斯、橡树岭、阿贡等实验室也都开始从事基础科学研究。高能加速器的能量不断提高，规模不断增大，单一的研究机构已不能承受。1946年，美国东部的九所大学联合建立了一个区域性的物理实验室，即目前位于纽约长岛的布鲁克海文国家实验室（Brookhaven National Laboratory, BNL）。1954年，欧洲各国也联合起来，在瑞士日内瓦建立了一个国际性的研究机构——欧洲核子研究组织。

当时社会主义阵营的各个国家不甘落后，于1956年3月在莫斯科签署了一份重要的协议，由苏联、中国、波兰、南斯拉夫、罗马尼亚等12个国家组建杜布纳联合核子研究所，主要研究方向包括高能物理实验、核结构、核反应、中子物理和理论物理等。在一段时期内，杜布纳联合核子研究所成为世界范围内最优秀的核物理研究所，依靠强大的粒子加速器，在探索物质世界奥秘的征途中，取得了一系列成果。

1949年，苏联曾开始建造一台10吉电子伏的质子同步加速器。1958年，该加速器在联合核子研究所成立之后得以建成。其真空室横截面积为1.4米×0.5米，励磁功率达140兆瓦，是世界上最大的弱聚焦强子射线装置，在合成新的人造元素方面取得了重大突破。

令世人惊讶的是，从102号元素到107号元素，全部都是由杜布纳联合核子研究所初次合成的，远远地将美、德、法等国的著名实验室抛在其后。

从1956年杜布纳联合核子研究所建成到1965年6月中方撤出，将近9年的时间里，中国先后派出130多位科技工作者参与该所的研究工作，包括著名物理学家王淦昌、胡宁、张文裕、朱洪元、周光召、何祚庥、王乃彦、方守贤、吕敏、唐孝威等。王淦昌还担任过该所第二任副所长，在那里取得了杰出的成就，而他带领的一批中国年轻科学家个个龙腾虎跃，是他的得力帮手。

20世纪30年代以来，世界上关于物理方面的研究，风生水起，新的发现不断昭示：

1930年，英国科学家狄拉克首先从理论上预言，存在电子的反粒子——正电子。

1932年，美国物理学家安德森利用云雾室，从宇宙线中真正发现正电子。

之后，实验物理学家一直在寻找各种粒子的反粒子。如果所有的粒子都有反粒子，这将证明微观世界中的一条重要规律，即对称性，粒子与反粒子——正与反——的对称。

各种介子的反粒子已经确证了。

1955年，美国建成6吉电子伏质子同步加速器。用这台加速器，很快就发现了反质子，接着又发现了反中子。

1957年，摆在实验物理学家面前的一个挑战性课题就是寻找反超子。

这时，欧洲核子研究中心一台能量更高的加速器还在建设中，而杜布纳联合核子研究所这台能量为10吉电子伏的质子同步加速器就要建成了，在能量上可以占几年优势。

……

在杜布纳联合核子研究所带队的王淦昌根据以上情况，果断地把寻找新奇粒子（包括各种超子的反粒子）作为小组的主要研究课题。当时这个所的加速器虽然已经建成，但配套设备如探测器、测量仪、计算机等都还没有配备，王淦昌带领丁大钊、王祝翔等发挥了中国人的灵活和智慧，巧妙地设计了一个精巧的实验。他考虑到反超子的寿命很短，要想比较可靠地捕捉到这类粒子，用能够显示粒子径迹的气泡室作为主要探测器，会比较理想。他们便自己动手，选择了技术难度比较小、建造周期比较短的丙烷气泡室，用 π 介子作为"炮弹"，在加速器上进行实验。

王淦昌及时嘱咐组员们，在观察气泡室拍摄的照片时，应该着重注意的地方。1959 年 3 月 9 日，他们终于从 4 万对底片中，找到了一个产生反西格马负超子的事例，发现了超子的反粒子——反西格马负超子。

这个发现立刻引起了轰动。

苏联《自然》杂志指出："实验中发现反西格马负超子是在微观世界的图像上消灭了一个空白点。"世界各国的报纸也纷纷刊登了关于这个发现的详细报道。

后来，欧洲核子研究组织通过其 30 吉电子伏加速器发现了另一种反超子——反克赛负超子。于是，在高能物理的历史上，反西格马负超子和反克赛负超子被并列为公认的、最早发现的两个负超子。这两项发现对证实反粒子的普遍存在提供了有力的证据。

王淦昌小组中国人的工作，受到各国物理学家的赞扬。时至今日，杜布纳研究所还在其建所成就中，将反西格马负超子的发现列在第二位。

那个弥漫着白桦林清香的联合研究所，留下了许多中国物理学家的功绩，著名物理学家周光召也是在 1957 年春天被国家派到杜布纳联合核子研究所开展研究工作的。汇集在此的来自中国、苏联、越南、朝鲜以及东欧各国的核物理学家们，都借助这里的一台大加速器从事原子核物理研究，人才汇集，风云际会。尚未到而立之年的周光召出类拔萃，两次获得该所的科研奖金。其中最著名的一次是1958年他在杜布纳率先提出粒子的螺旋态振幅，并建立了相应的数学方法。后来，他也因此被世界公认为赝矢量流部分守恒定理的奠基人之一。

有一次，各国物理学家在一起进行学术讨论，一位苏联教授在会上报告了他对粒子自旋问题的研究成果。周光召听出其中的破绽，便礼貌地征得了主持人的同意，站起来用俄语阐述了相反的意见。那位苏联教授听了很不以为然，恼怒地说："你的意见没有道理！"

年轻的周光召心想要让别人信服，就必须拿出令人服气的根据，于是他当时没有继续争辩，而是回到实验室里埋头开展研究，一步步严格地证明自己的观点。之后，写出了严谨的论文《相对性粒子在反应过程中自旋的表示》，发表在《理论和实验物理》杂志上。

凑巧的是没过多久，美国科学家在研究中也得到了相似的结果，并公开发表。周光召的文章与美国科学家的研究一道，代表物理学中著名的"相对性粒子螺旋态"理论的问世。

那位苏联教授不得不低下了高傲的头。

在杜布纳工作的三年多时间里，周光召一共发表了30多篇论文，引起了国际物理学界的高度重视，成为蜚声国际科学界的青年学者。这之后，有一位对中国怀有感情的苏联专家在中苏交恶而从中国撤离时说："你们不要发愁，我们走了，你们也能把原子弹研制出来，你们有王淦昌、周光召……"

杜布纳联合核子研究所的首席科学家卡德舍夫斯基后来感慨道："中国科学家的参与为研究所的发展做出了重要贡献。"

难忘的岁月，白桦林的清香，还有那青春的梦想，去往杜布纳白桦林深处的中国科学家，为世界奉献了智慧的结晶，也为祖国带回了宝贵的学习成果。

与此同时，高能加速器，一步步走进人们的憧憬。

五、七下八上——开始了

莫斯科一家小餐馆，王淦昌先生请大家吃饭。

那是一家中餐馆，菜做得当然没有国内那么地道，但红烧肉、宫保鸡丁、地三鲜这些普通的家常菜，外加一碗牛肉面，还是让人吃出了家乡的味道。方守贤和被邀请赴宴的一帮子年轻人吃得很酣畅，几十年过去，都忘不了。

在杜布纳联合核子研究所工作的那几年，按照当时各国约定的条例，研究所给每位工作人员每月发放一定的补贴，方守贤每月能得到1500卢布，合人民币750元。这可是一笔数额不小的钱，但跟所有的出国人员一样，方守贤的补贴要全部上交给国家，这是每次回国之后首先要办的事情之一。而在杜布纳的日子里，研究所并不供应饭菜，他们得想办法集体开伙，买一些简单的食品对付一日三餐。生活是单调的，但他们除了工作，很少消费，心思完全放在实验和研究上。

这会儿王淦昌先生请吃饭，大家都高兴得不得了，就跟过节一样，在一起有说有笑。王先生因为国内的工作，时常得两头兼顾，每次飞回北京，再回到莫斯科总会带来一些大家关心的信息。大家最盼望的就是，咱们自己建造高能加速器的方案进展怎么样？

方守贤更是眼巴巴地等着王先生的回答。

在杜布纳联合核子研究所，王先生交给方守贤的重要任务是：在苏联专家的指导下，设计一台能量为2.2吉电子伏、周长约为200米的电子同步加速器。这实际上为的就是实现我国1956年制定的"十二年科技发展规划"中高能物理发展的第一步。经过王先生亲自指导，方守贤与同事们几经切磋，拿出了方案，应当说，这是一个既先进又符合国情的方案。设计完成之后，王先生非常高兴，捧在手里说："我们中国终于有了自己的设计了！"他满怀喜悦地带着方案回国了。

但此刻，王淦昌先生坐在莫斯科的小餐馆里，脸色却没有了走时的喜悦。期盼着的年轻人忍不住问："王所长，我们的方案到底怎么样了？"

王淦昌先生一脸苦笑。1958年，国内正在"大跃进"，大炼钢铁轰轰烈烈，赶超英美只争朝夕，粮食生产到处放卫星，湖南的水稻亩产万斤，厚实得胜过地毯，卡车都可以从上面开过去……王淦昌带回国的这个方案，立马遭到一些人的批判，说它既保守又落后，给否定了。

年轻人大惑不解，王淦昌也无法深说，"吃饭吧，大家多吃点。"他心疼这些用功的年轻人，他拿自己的钱请客，让大家高兴高兴。

第一次精心设计的方案，就这样被搁置起来了。

又过了些时间，国内有消息传来，有人提出要设计一台比苏联当时能量为7吉电子伏的最大加速器还要"先进"的15吉电子伏的质子加速器。这可比方守贤他们在王淦昌带领下做出的方案提高了好几倍，当时西欧及美国正在建造的世界上最大的强聚焦加速器能量也只有28吉电子伏。

国内的要求显然超过了实际可能，但王淦昌应命将这个方案带到了莫斯科。他内心也认为超出了实际，但国内呼声很高，他不得不征求苏联专家的意见。苏联专家看了十分惊讶，在一起反复商量之后，勉强同意帮助设计一个以苏联已有的7吉电子伏加速器为基础的修补方案，设计能量最多只能达到12吉电子伏。

这显然是一个凑合的方案，中方设计组的人对此也都不满意。

经过深思熟虑，王淦昌认为这一方案也超过了当时的国力，不可能成功。当着方守贤这些年轻人，这位一贯待人平等、和蔼可亲的科学家，也忍不住提高了嗓门，说："咱们要积极向上反映，争取把方案变回来。"

1959年的一天，方守贤在王淦昌先生的授意下，回国向钱三强所长汇报苏联专家帮忙做的那个凑合方案，性格果敢的钱三强一看就连连摇头："这怎么行？这怎么行？"

他当场就否定了："不能按这个方案做。"

两次方案受挫，只有再另辟蹊径。

眼看杜布纳联合核子研究所又研制成功了世界上第一台中能强流等时性回旋加速器，守在那里的中国科学家们心里都痒痒的，每个人都恨不得生出三头六臂，三个脑袋一个学习，一个工作，一个为国内的物理发展动脑筋。很快，王淦昌领导下的物理组又根据中国当时的国力，提出建造一台能量为450兆电子伏的中能强流加速器，开展介子物理研究的方案。国内派来原子能研究所副所长力一等人，到杜布纳联合核子研究所参观考察，并进行初步设计。

方守贤也在其中，负责工程的理论设计。那之前他已在列别捷夫物理所经过3年的系统训练，具有了一定的设计经验。他研究了苏联的等时性回旋加速器的设计，发现有3处考虑不周，便连续写出3篇内部报告，使得当时该加速器组的组长迪米特列夫斯基对他刮目相看。苏方主动提出将方守贤由杜布纳联合核子研究所的"初级科学工作者"提升为"中级科学工作者"。他摩拳擦掌，要为自己祖国的设计大干一场。

但白桦林里却渐渐有了凉意，中苏关系恶化的风声，一阵紧似一阵。1965年底，合作突然宣布终止。

高能加速器的设计尚在初步阶段，只能黯然收场。

六、哦，五上五下

怀着一腔未能完成的心愿，方守贤和同事们惴惴不安地回到了国内。刚放下行李，他得知自己被分配到原子能所继续从事等时性回旋加速器的理论研究，这让他不禁喜出望外。

原来，中国在退出杜布纳联合核子研究所后，很快做出决定：由聂荣臻主持建设中国自己的高能物理实验基地，在国内筹建高能粒子加速器。

聂荣臻，曾留学法国，后来扛枪打仗指挥军队身经百战的中国元帅，从1958年起兼任国务院科学技术委员会主任，1959年兼任国防部国防科学技术委员会主任，领导科技攻关，组织全国大协作。仅用5年时间就研制成功多种导弹和原子弹，不久又研制成功氢弹。高能物理研究的重大项目——高能粒子加速器也从那时进入了元帅的视野。

中方退出杜布纳联合核子研究所之后，在那里工作的科研人员集体撤回北京中关村，钱三强迎接大家并作了报告。他本是一位性情中人，此时激动难平，挥舞着手说："我们下决心自己干吧！"

大家群情激奋。

方守贤在之后的两三年里成果倍增，他领导的理论小组先后在《中国科学》等杂志上发表了 7 篇论文。其中最重要的，是他与魏开煜合作发表的《等时性回旋加速器中的不等时现象》。他在《矛盾论》辩证思维的启发下，首次发现并指出："等时"是相对的，只有在自由振荡为零时才成立；"不等时"是绝对的，因为自由振荡的振幅实际上不会为零；而正是"不等时"现象使得回旋加速器在向更高能量发展上受到了限制。基于这一认识，他在杜布纳时，曾指出研究所提出的，将其原有的680兆电子伏稳相加速器升级成等时性回旋加速器的方案在设计上存在错误。

但苏方当时并不承认。

事后得知，苏联专家迪米特列夫斯基教授在1963年的高能加速器国际会议上，发表了一篇论文，用另一种数学方法推导出了方守贤给出的结果，间接承认了他的论证。

40年后的2002 年，当方守贤跟随中国科学院院长周光召再次访问杜布纳联合核子研究所时，很高兴地又见到了迪米特列夫斯基。这位苏联教授忍不住说起当年未完的话题，"方，你提出的观点是对的，可是当时没有办法跟你交流。"

大家相逢一笑。

政治斗争不能取代科学研究，但不可否认，政治会影响科研的进展。然而，科学家们的内心却永远有着坚定的目标。

中国加速器理论从20世纪60年代开始走向国际前沿，王淦昌先生等人提出的450兆电子伏等时性回旋加速器方案，眼看就有可能上马，但接下来又遭遇了三年"自然灾害"的困窘。国家提出"调整、巩固、充实、提高"八字方针，加速器建造方案不可避免地被"调整"掉了，所有的设计都被束之高阁。算上这次，高能加速器已经是第三次准备上马，而又下马。

风雨将至，更为严峻的时期来临了。

1965年科研人员提出要建造一台3.2吉电子伏质子同步加速器，后来又将能量提高到6吉电子伏，本来进展顺利，甚至到了选址这一步，调研中有人还建议选择革命圣地延安。但这一设计方案也在1966年"文革"开始之后不得不下马。

这是第四次下马了。

科研人员被打成了"臭老九"，一个个灰溜溜的。那些从国外回来，或者留苏的人员更是难以幸免，被扣上了资产阶级、"修正主义苗子"的帽子。科学界也成天开批斗会，你斗我，我斗你，一片混乱。但科学家们对科学的追求一天也没有停止过。经过"文革"初期的干扰之后，在中国科学院的极力争取下，1968年为加强基础研究，我国决定在原子能所一部（即中关村分部）筹建高能物理研究所。

方守贤等人被调去那里工作。他们一腔热情，虽然设计被锁住，心却没有被锁住。身处困惑之中，科技工作者想到的仍然是如何应对形势，实现心中的科学目标。为了响应中央提出的"面向实际，面向应用"的号召，1969年8月，何祚庥等人在牛棚里想出了一个"一举两得"的方案，后被称为"698工程"。他们建议用加速器来生产核燃料，心想既可服务国防需要，又可为将来发展高能物理储备技术和人才。

方守贤一听更来劲，遂与何祚庥和陈森玉商榷，建议采用比较成熟的质子直线加速器来生产核燃料，这一主张后来被简称为"强流、超导、质子、直线"八字方针；原子能所二部又提出了一个更为"先进"的方案，即采用国际上尚在探讨中的轨道分离型加速器和烟圈加速器来生产核燃料。

一下子出来三套方案，可见群情之踊跃。但接下来的事情却让人啼笑皆非。

当时科研院所都在军管会的领导下，军管会组织对上述三种方案展开论证，不同方案之争，很快就演变成为一场惊心动魄的"阶级斗争"。

军管会副主任训斥科学家，说："直线加速器是落后的、不科学的，质子怎么能向前走直线呢?! 地心引力就可以让它掉下来嘛。"

有理说不清。

在极"左"路线影响下，谁不同意他的说法，谁就是反对军管会领导，就是反革命。斗争矛头直指提出"八字方针"的两个主力：何祚庥和方守贤。这两位家庭出身都不好，本来就惶惶不可终日，一下子又被推到了风口浪尖上，真可谓如坐针毡，度日如年。幸亏二机部副部长李觉洞察内情后，坚决抵制了二部军管会的打压做法，以各自回原单位参加运动的名义，把他们几位又调回一部，才总算逃过一劫。方守贤至今回忆起这段经历，还心有余悸。

"698 工程"，也就是第五次关于高能加速器方案的论证，因此也就偃旗息鼓。基础科学的发展再度陷入低潮。

忠心报国的科学家们，只能仰面朝天，一声长叹！

七、十八位科学家的联名信

中国悠久的历史文化传统，养育了一代代仁人志士，从屈原的爱国情怀到范仲淹的家国忧思，无数先贤忧国忧民，成为中国科学家骨子里的文化基因。

一部《岳阳楼记》，让多少英雄豪杰感慨万千："不以物喜，不以己悲；居庙堂之高则忧其民，处江湖之远则忧其君。是进亦忧，退亦忧。然则何时而乐耶？其必曰先天下之忧而忧，后天下之乐而乐乎。噫！微斯人，吾谁与归？"

高能加速器经过了五个回合，从1956年到1972年，已经过去了整整十六年，就连当初一些初出校门的毛头小伙子也已过而立之年，他们大多娶妻生子，可他们最为期盼的"孩子"却迟迟未能问世。别说问世，就连"怀孕"都还算不上。更别说那些早年留学海外，就是冲着新中国的物理学发展而归来的科学家们，他们更是快等白了头发。

一个个忧心如焚。

正所谓"是进亦忧，退亦忧"，他们再也不愿意就这么一天天等待下去了，到了1972年，有十八条好汉冒着风险，率先站了出来。

私下里，他们商量来商量去，不知如何办好。满腹心里话，该向谁说？按照以往的程序，报告要一层层向上申报，但这种做法已经多次了，都石沉大海，没有了回音。这一次，他们要采取一个"通天"的办法，直接向最高层领导反映。

于是，他们鼓足勇气写了一封信，写给了国务院总理周恩来。

周总理：

我们是二机部四〇一所一部（即中国科学院原子能研究所一部）的部分高能物理科技人员。一年来，为了执行毛主席的外交路线，我们和外国的交往越来越频繁，也越来越对我国高能物理工作的落后和缺乏领导的现状感到不安。由于问题长期不得解决，我们觉得有必要将情况和意见直接报告总理。

我所现有各级科技人员三百余人，虽然属于二机部，但十几年来，二机部从未认真领导过我们的科研工作。从一九五六年起，高能物理工作，五起五落，方针一直未定。一九六五年撤出苏修杜布诺（杜布纳）联合核子研究所至今，除云南宇宙线观测站能勉强做一点实验工作外，高能物理实验几乎是一片空白，高能理论研究则全是靠外国的实验数据。以前在联合核子研究所工作过的稍有实践经验的科研人员，有不少已经改行和分散到各地，我国高能物理的这种状况已越来越不能适应国内外革命形势发展的需要。

为了改变这种状况，我所在一九六七——一九七一年向二机部打过七次报告。两年多前，部领导指示我所向高能物理方向发展。我们经过深入调研和反复讨论，在今年初提出了关于发展高能物理的一个初步设想，除开展"基本粒子"内部结构的理论研究和宇宙线的研究外，着重点是想在五年左右的时间内，在高能加速器和探测器方面进行预先研究，以便掌握基本技术，培养科技人员，初步改变我国高能物理的落后面貌，为今后的发展打下坚实的基础（详细报告已于今年四月送二机部和中国科学院）。但是，每次报告送上去，都好像石沉大海，部领导既不下来调查研究，也不表示可否。由于多年没有人管，我所开展任何实验工作都非常困难：经费很少，缺少实验室，材料设备买不到，加工挂不上号。在这种情况下，高能物理只好"靠边站"，大部分同志没事干，人心动荡不安。他们问："我们也有两只手，为什么要蹲在四〇一所吃闲饭？"

我们认为，造成这种现象的主要原因有两个：

（一）体制有问题：二机部的主要业务范围是核燃料，与高
　　　能物理这门基础科学有较大的距离，根本顾不上抓。

（二）方针不明确：关于要不要发展高能物理和怎样发展高能物
　　　理，二机部领导谁也不敢拿主意，因此年复一年拖了下来。

这样下去，对我国高能物理的发展将极为不利。最近，我们和

杨振宁座谈之后，再次讨论了这些问题，现在提出如下看法和意见：

一、高能物理要不要发展？

我们认为高能物理很重要，必须发展，主要理由是：

1. 高能物理是当代物理学的前沿和发展的中心，是基础理论学科的带头的项目之一。正如杨振宁所说：在高能物理学中将出现像相对论、量子力学一类的划时代的突破。因此，要开展基础理论研究，一定要抓高能（物理）。目前美帝、苏修、西欧和日本都在高能物理方面花很大力量，进行竞争。

2. 历史的经验告诉我们，物理学的每一次重大突破都能够促进生产技术的新的飞跃发展，高能物理也不会例外。事实上，目前已经初步看到高能物理的一些用途。

3. 贯彻毛主席外交路线的需要（高能物理在国际学术交流中所占比重很大）。

二、发展高能物理要不要建造高能加速器？

高能物理是一门必须有实验的科学，理论研究不能搞先验论，必须以实验作为基础，虽然一部分探路性质的实验工作可以依靠宇宙线，但是绝大部分的定量精密实验，都必须依靠高能加速器，此外别无其他途径。高能物理的任何应用，也不能没有高能加速器。

三、是不是现在就造高能加速器？

当前我国的高能物理技术力量很弱，国家经济力量也有限，我们不主张现在就造高能加速器，但是一定要抓紧时间，进行有关高能加速器的预先研究。这种研究工作总共约需经费二千多万元（相当于我国过去向联合核子研究所一年缴纳的经费稍多一点），看来是国家经济条件所允许的。杨振宁在座谈中提到近年来国际上高能物理发展的速度减慢，是我们赶上去的好机会。我们同意这个看法，因此，预先研究要抓就必须快抓，争取时间，反之，如果还像现在这样任其自生自灭，那么几年后一旦国际上高能物理加快了发展速度，我国就更只好瞠乎其后。

四、加速器预先研究要不要有目标？

在这个问题上，我们和杨振宁有不同看法。他认为现在提目标没有意义，我们认为预先研究不能没有目标，目标就是训练干部，掌握先进技术，并为我国第一台高能加速器的设计和制造工艺提供第一手的技术资料（建造高能加速器也要采取自力更生的方针，外国技术资料只是参考资料）。将来什么时候造高能加速器，造一个什么样的高能加速器，一方面要由我国的工业和经济发展情况等条件来决定，一方面也要通过科学上的预先研究，才能逐步肯定下来。初步设想的我国第一台高能加速器，将是一台强流、超导、直线质子加速器。利用这种加速器，不但可以进行较多的国外加速器不能做的精密实验，而且可以带动新学科，开辟新领域，还可以用它来研究生产核燃料，把基础研究和应用研究结合起来。

十多年的历史教训告诉我们，要发展高能物理，必须加强党的领导，排除"左"右倾思想的干扰，采取自力更生的方针。我们建议尽快确定发展高能物理的方针政策，同时组织上给以保证，尽快成立高能物理研究所，并划归基础理论研究的主管部门领导。只有这样，才能把这一工作提上日程，才能把预先研究抓起来，才有希望改变我国高能物理的落后面貌。

以上意见当否，供参考。

二机部四〇一所一部

张文裕 朱洪元 谢家麟（麟）

张庆国 汪　容 何祚庥

徐绍旺 等十八人

一九七二年八月十八日

八、第一个签名是张文裕

这封信可以说酝酿了很久，也可以说是一气呵成。那里面有对周恩来总理的最大信任，有十八位好汉的赤子之心，有积压在心底多年的思考。他们既大胆，也算得上是善解人意，既站在高能物理发展的角度，也不忘时刻替国家算政治账、经济账，不敢冒昧地多说一分钱。

他们借用获得诺贝尔物理学奖的杨振宁先生的观点，分析了国际高能物理发展的状况，但也表示中国的高能物理发展不能没有目标。

十八条好汉是张文裕、朱洪元、谢家麟、张庆国、汪容、何祚庥、徐绍旺、丁林恺、高启荣、方守贤、严太玄、毛慧顺、王世伟、杜远才、冼鼎昌、杜东生、王祝翔、吴济民。签名的只有七位，大概是当年私下里分别联系，取得了一致，但到写好信之后，十八个人却未能聚在一起，当时情况下，他们不可能也不敢为此集聚。为了争取时间，七位就近的签了名，那剩下的十一位都是赞同的。

第一个签名的是张文裕。

写这封信的想法也首先来自他和何祚庥。写信的这一年，这位出生于1910年的福建惠安学子已经62岁了，前面说都快等白了头发的科学家，张文裕就是代表。他的几十年经历十分具有传奇色彩，桩桩件件几乎都是为着科学和祖国，按照现在的媒体传播模式，是非常适合拍电视剧的故事。

张文裕从小勤奋好学，从泉州培元中学毕业之后，一口气读完燕京大学，之后考取中英庚款留学生，到英国剑桥大学留学。在中国"庚子赔款"后，美、英、法、荷、比等国相继与中国订立协定，退还或放弃庚子赔款余额，将其用于兴办中国的教育以及同各国进行教育文化交流，中国每年向上述国家输送相应的留学生，庚款留学生由此而来。留学生的招考颇为严格，除了要通晓国文、英文外，还须"身体强健，性情纯正，相貌完全，身家清白"。

每次招考均面向全国，从无数年轻学子中选拔，最后只录数十人，能够考取实属不易。张文裕一举考入剑桥大学，师从著名物理学家 E. 卢瑟福。正当他在名师指导下，不断取得科研成果时，英国报纸上传来了抗日战争爆发的消息。南京失陷，无数中国同胞惨遭日本侵略军的屠杀，饱受欺凌，张文裕与一群中国同学不禁义愤填膺，当即写信给"管理中英庚款董事会"，申请提前回国参加抗日。

不料，董事长朱家骅回信说，回国可以，但必须完成学业，取得博士学位。张文裕不甘心，眼见着报纸上传过来的消息，日军占领了大半个中国，他们怎么能在书桌旁安心落座？但他们也能理解朱家骅的心情，爱国更要学会硬本领，不取得学位，怎么算是学成？于是，张文裕想出一个办法，他向剑桥大学研究生院提出，鉴于中国的战事，能否让他与一些中国同学提前考试、提前毕业，以便回国报效。

导师卢瑟福对他的要求最初很不赞同，但在张文裕一再坚持下，导师也不得不点了头，经过再三努力，校方终于同意了他的请求，让他提前考试。1938年春天，张文裕终于提前完成博士学业，急不可待地回到了祖国。

他先后在四川大学、西南联大任教。在昆明的日子里，他讲授的原子核物理课程得到学生的好评。而后来当局却令人失望，物价飞涨，师生们食不果腹，教学和科研都难以进行。张文裕报国无门，举步维艰，1943年美国普林斯顿大学向他发出邀请，他怅然赴美。

在环境良好的普林斯顿大学帕尔麦（Palmer）实验室（后改名为亨利实验室），张文裕工作了七年。这个实验室历史悠久，许多美国老一辈著名物理学家都曾在此工作过。之后他又应邀到了美国普渡（Purdue）大学，指导研究生对宇宙线引起的高能核作用进行研究，并利用高能加速器进行粒子物理以及核物理方面的研究。

正在这时，新中国成立的消息传到了大洋彼岸，身在美国的张文裕欣喜不已，他的第一反应就是，回国去！可妻子临近分娩，不得远行。而这时，一批朋友筹建的"全美中国科学家协会"也正在紧张进行，张文裕为人宽厚，敢于担当，大家一致推举他为全美中国科学家协会执行主席。

此事马上引起了美国联邦调查局的注意，张文裕不时遇到一些莫名其妙的问询与纠缠。不少好心的朋友提醒他们夫妇要保护自己，最好的办法是加入美国籍，这样就会少好些麻烦。可张文裕毫不动心，他说："要入美国籍，何须到今天？我们生为中国人，回国的信念是不会变的。"

1956年，张文裕夫妇克服重重障碍，带着幼儿回到了祖国。他使出了先后在英国、美国所学到的十八般武艺，在中国科学院物理研究所（1958年改称中国科学院原子能研究所）领导宇宙线研究。经他的提议，在肖健、力一、霍安祥等人共同努力下，云南落雪山宇宙线高山站增建了一个大云室组。利用当地优越的自然条件，科学家们进行了一系列研究工作，培养了一批宇宙线研究人员，使我国的宇宙线研究在国际上取得了领先地位。直到多年以后，这个大云室组仍然是国际上最大的云室组之一。

这之后，张文裕经历了三件令他终生难忘的事情。

一是1957年12月，张文裕受中国科学院委派，前往美丽的斯德哥尔摩参加当年的诺贝尔奖授奖仪式。就在这次授奖仪式上，他目睹了杨振宁、李政道从授奖人的手中接过诺贝尔物理学奖的奖章。

张文裕曾经执教过抗战时期的西南联大，曾在那里就读的杨振宁和李政道都可以算得上是他的学生。两位年轻英俊、风度翩翩的华裔物理学家获得满堂彩，世人一片惊叹。张文裕内心充满了自豪，他握住杨振宁、李政道的手，说："你们为中国人争了光。"

杨振宁说："文裕师，谢谢您当年的教诲。"

李政道说："张先生，我们还会再见的。"

二是1958年，他作为中国代表，去日内瓦参加第九届国际高能物理大会。那次会上聚集了世界著名的物理学家，他见到了好些从前的导师和同事，眼看着国际高能物理发展的繁荣景象，张文裕内心更是充满了强烈的冲动，他只想大声呼吁，要加快国内物理发展的步伐。

三是1961年，他接受任务，前往莫斯科杜布纳联合核子研究所接替王淦昌教授的工作，担任该研究所的中国组长，领导一个联合研究组，负责组织、领导中国在该所工作的科学家。他在杜布纳一直干到最后集体撤出，前面的几个加速器方案都是在他的领导下进行设计的。

张文裕后半生的梦想完全系在了高能加速器的建设上，但从苏联回国之后还没来得及施展身手，就遭遇了"文革"，陷入无休止的运动之中，真个是壮志未酬心不甘。他日思夜想，如何突破障碍，让加速器的梦想早日得以实现。

他与朱洪元、谢家麟、何祚庥、徐绍旺他们一拍即合，即使冒再大的风险，也要上书总理。

九、九曲十八弯

写信的十八位科学家里，张文裕算是老大哥，徐绍旺是小兄弟。2016年夏天，在中科院高能所的办公楼里，我见到了徐先生。

徐绍旺1956年毕业于上海交通大学，当时钱三强有一个"百人计划"——为了发展原子能工业，要在大学1955、1956届里挑出一百位优秀人才，充实到科技队伍里来。徐绍旺在学校里是班长，一挑就被挑中了，进了中科院物理研究所，紧接着学了四个月的俄语，1957年1月就去了杜布纳联合核子研究所。

他年纪小，记忆力也好，过去的许多事情他都历历在目，比如说到当时物理研究所的"四大金刚"，叶铭汉、徐建铭、叶龙飞、孙良方，一个个音容笑貌，不同性格。

大家都熟知的"七下八上"，版本各有所不同，但大致脉络差不多，徐绍旺也是记忆犹新。他一直珍藏着十八位科学家联名信和总理回信的复印件，还有好几次会议的资料。他说，其实在给总理写信之前，他就和另外两位年轻人嘀咕，不是说要抓革命促生产吗？怎么光是天天搞革命？他们想，不能老这么干呀，何年何月才能到头？三个年轻人一合计，就给时任国务院科学技术委员会主任聂荣臻写了封信。仨人还挺有头脑，琢磨着给领导写信不能写得太长，最好正文就一页，文字要规范，要不然人家领导看了半天还不知道你的主题是什么，要把问题先说清楚，一二三四五。

多年之后，徐绍旺在中科院高能所成为副所长，给新来的大学生传、帮、带，把自己的这些经验都传给了年轻人。当年那封信写得有效果，聂荣臻指示成立高能筹建组，也就是"五上"那一回，但干了一阵，如前所说，无果而终。

后来才有了十八条好汉给总理写信。那信中不止一次提到杨振宁先生参加的座谈会，以及当时他所发表的不同观点，我问徐先生究竟是怎么回事？

其实当年对建高能加速器有不同意见的人并不止杨振宁一位，包括中央某些重要领导，一些非常有影响的人物，乃至科学界内部，众说纷纭。但杨振宁是一位关键人物。面对重大的科学决策，不能不尊重科学家的意见，而国内的科学家说话当然没有已获诺贝尔物理学奖的杨振宁有影响力。

杨振宁，1922年10月1日出生于安徽合肥；1942年，毕业于西南联大；1944年，获清华大学硕士学位；1945年，获庚子赔款奖学金，赴美留学；1948年，获芝加哥大学哲学博士学位，任芝加哥大学讲师、普林斯顿高等研究院研究员；1957年，获得诺贝尔物理学奖。他是中美关系解冻之后第一位回到中国探访的华裔科学家，对推动中美文化交流和中美人民的互相了解，并在促进中美两国建交、中美人才交流和科技合作等方面，做出了重大贡献。

科学界公认，杨振宁在粒子物理学、统计力学和凝聚态物理等领域做出了里程碑式的贡献。20世纪50年代和R.L.米尔斯合作提出非阿贝尔规范场理论；1956年和李政道合作提出弱相互作用中宇称不守恒定律；在粒子物理和统计物理方面做了大量开拓性工作，提出杨—巴克斯特方程，开辟了量子可积系统和多体问题研究的新方向等。此外，杨振宁推动了香港中文大学数学科学研究所、清华大学高等研究中心、南开大学理论物理研究室和中山大学高等学术研究中心的成立。

杨振宁是1971年回到中国的，正值"文革"期间，当时社会情况复杂，国力孱弱，极"左"思想干扰，观点分歧，高能加速器能否建造不是一波三折，而是九曲十八弯。杨振宁在国内受到了客气的礼遇，他在北京参观原子能所时，热情洋溢地提出"高能物理是当代物理学的前沿和发展的中心，是基础理论科学的带头的项目之一。在高能物理学中将出现相对论、量子力学一类的划时代的突破。因此，要开展基础理论研究，一定要抓高能"。这番话给当时从事物理研究的中国科学家很大鼓舞，他们将杨先生的话记录在册，引以为指导性的言论。

接待单位还征求他的意见，问他想要见什么人，杨振宁提到了他的老同学邓稼先。

邓稼先的父亲与杨振宁的父亲都是清华大学的教授，邓稼先和杨振宁打小就认识，在北京念崇德中学时又是同学。1948年，邓稼先比杨振宁晚3年也到美国留学，只花了11个月念完博士学位，拿到学位9天之后就坐上了回国的轮船。

老同学见面，十分高兴，尤其两位都是顶尖的科学家，相逢有说不完的话题。杨振宁先生在美国其实一直都很关注中国的发展，1964年10月16日中国成功试爆了第一颗原子弹，他在《纽约时报》的报道中就得知了邓稼先是领导原子弹研制工作的科学家。杨振宁这时再次向老同学庆贺，但他知道中国对于研制原子弹是保密的，所以并没有多问。在北京的访问结束之后，杨振宁准备飞往上海，邓稼先送他到机场，临上飞机的杨振宁突然问了一句："稼先，我听说中国研制原子弹的工程中有一个美国人叫寒春的参加了，是真的吗？"

寒春是杨振宁在芝加哥大学念书时的一位美国女同学，曾经跟随意大利裔的著名物理学家费米（Enrico Fermi）参加过美国的原子弹计划，因为不满美国在第二次世界大战之后军事秘密研究的狂热发展，1948年就来到了中国延安等地，后来一直住在中国，在农场从事乳牛的改良工作。但是，在美国却一直流传着一种说法，认为寒春将美国原子弹秘密出卖给了中国。邓稼先当时听了杨振宁的问话，不便回答，心中却十分不安，他后来向上级汇报，获准将实情告诉杨振宁。

邓稼先于是连夜给杨振宁写了一封信，据说因为用繁体字，折腾了一个晚上，第二天特别托人乘民航班机到上海给杨振宁。

这封信送到上海的那天晚上，正好是上海市当时的领导给杨振宁先生饯行，席间收到这信，正在吃饭的杨振宁立刻打开信封，默默地读了起来。邓稼先在信中如实叙述了中国研制原子弹的艰辛，是在完全没有依赖外人帮助的情况下完成的。杨振宁本是性情中人，读着读着，不禁热泪盈眶，他起身道，"失礼了。"

他进洗手间平静了好一阵才走出来，人们小心地问他有什么事？是不是身体不舒服？杨振宁只是摇头，轻声自语道："中国，太不容易了！"

1972年6月，杨振宁第二次回到中国，除了探望病中的父亲，在北京做了十次演讲和座谈，活动持续了一个多星期，其中一次是7月4日下午在北京饭店举行的"高能物理发展与展望"座谈会。在这个会上，杨振宁对中国当时建造高能量的加速器、全力发展高能物理实验研究的计划提出了自己的一些想法。这个座谈会的记录，后来被人戏称为"杨振宁舌战群儒"。

时任中国科学院原子能研究所副所长张文裕主持了这个座谈会。曾在西南联大任教，做过杨振宁的老师的张文裕德高望重，虽然会场上颇有争议，但他主持得当，不仅让声望高的科学家讲话，也让年轻人发言。杨振宁表示不赞成中国当时花上

1亿美元的代价，去建造一个高能量的加速器，血气方刚的徐绍旺忍不住提出质疑："难道中国就一直不要发展高能实验物理吗？"

杨振宁说，中国1971年的钢产量是2100余万吨，可以等这个数字增加3倍以后再来讨论高能量加速器的建造。这个数字是美国和苏联的六分之一，但是美国和苏联的人口是中国的三分之一。中国有很多别的事情要做，中国应当对人类有较大的贡献，但他不觉得目前就是在高能加速器方面。

参加座谈会的物理学家包括汪容、何祚庥、严太玄、冼鼎昌等，分别提出中国发展高能物理需要时间培养，即便当前经费有限，但可以从小的、能量低的加速器做起，借鉴美国、欧洲、日本等有关高能加速器的发展经验，树立中国发展高能物理的战略目标，中国必须自力更生建立自己的实验基地，等等。

仁者见仁，智者见智，各有各的道理。

科学的发展也需要争辩、选择。

综上所述，可以看出杨振宁先生丰富而又执着的个性。当他得知中国的原子弹是靠自己千辛万苦地弄出来时，忍不住掉了眼泪，他对祖国怀有深厚情感。第一次回中国后，他后来曾在美国好几个城市举行演讲，感染了许多美国人，因为受他的影响，而开始对中国友好亲近；一些美籍华人学者，也效仿杨先生纷纷回国探访，为祖国的科技教育事业献计献策。杨先生早年还参加了"保钓运动"，穿梭在全美各高校，发表题为"我对中华人民共和国的印象"的演讲，轰动异常，影响了无数华裔热血青年。他还在美国参议院外交关系委员会举行的"归还冲绳协定"听证会上作证，从历史、地理和现实的角度全面讲述了钓鱼岛是中国领土的事实，为维护中国领土完整做出了重要贡献。

1979 年初，邓小平访美，与美国总统卡特签约建交，杨振宁代表全美华人协会和全美各界华人在欢迎邓小平夫妇的宴会上致辞。他致了题为"建造友谊桥梁的责任"的欢迎辞。

"责任"二字，是杨先生对祖国深厚情感的关键词。

杨先生有很多特别令人感动的举动。他在与李政道因共同提出宇称不守恒理论而获得诺贝尔物理学奖时，代表致辞："我深深察觉到一桩事实：在广义上说，我是中华文化和西方文化的产物，既是双方和谐的产物，又是双方冲突的产物，我愿意说我既以我的中国传统为骄傲，同样地，我又专心致力于现代科学。"一席话语惊四座，中国人为自己的儿子骄傲。

当年，杨先生在获得诺贝尔奖后，动员在台湾的岳母曹秀清设法取道美国转往中国大陆。在他的筹措安排下，曹秀清女士从美国飞往日内瓦，由中国外交部的人员亲自接机，数日后转机飞往北京。2012 年 6 月，杨振宁在清华大学庆祝 90 岁生日，并获得了校方赠送的刻有其重大贡献的黑水晶一尊。黑水晶上刻有杜甫的诗句"文章千古事，得失寸心知"。水晶四周镌刻着杨振宁的四大重要学术贡献：规范场理论，宇称不守恒理论，以及他在统计力学、高温超导方面的成就。

杨振宁先生因他的性情，既有科学家的执着又有热血男儿的情怀，备受人们的关注，有时也会招致争议，但这一切在笔者看来，都在他的"责任"之中。那年他坐在张文裕先生身旁，与中国的科学家们座谈时，或许明明知道面前的这些科学家都非常希望得到他更鲜明的支持，但杨先生率直的性情却没让自己说出违心的话。

他的观点促进了中国科学发展的思考与争论，或许正是如此，在日后高能加速器的建造中才有了更多的严谨和审慎。引人关注的是，时隔多年之后的如今，又出现一场与当年颇为相似的论争，杨先生似乎仍然保留和延续着当年的风格。

这且是后话。

1972年的夏天，杨先生的话确实带给了大家更多的思考。

中国的物理学家明白，要实现建设高能加速器的梦想，必须加快步伐。

十、这件事不能再延迟了

谁都明白，在那个极"左"年代里，谁要敢谏言，谁就可能遭遇想象不到的恶劣后果，更何况给总理写信，不同于给其他人，特别敏感。

但别无选择，张文裕等十八位科学家冒着风险，将这封信送到了中科院，请时任二机部副部长刘西尧和中科院院长郭沫若转交周总理。信是8月18日写的，这两位倒是不敢怠慢，很快转到了国务院，周总理在9月11日就亲笔写了回信，从去信到回信，前后不到一个月。

张文裕同志并转朱光亚同志：

文裕同志交来二机部四〇一所一部十八位同志一信，已由郭老、西尧同志处转到。看了很高兴。正是月初我们同见巴基斯坦那位科学家所要说的话。

现在请文裕同志将你们今年四月送给二机部和科学院的那

份报告转来给我一看。西尧同志请朱光亚同志召集有关方面一议事，请不要等我批，先议出办法，供大家讨论采用。

这件事不能再延迟了。科学院必须把基础科学和理论研究抓起来，同时还要把理论研究与科学实验结合起来。高能物理研究和高能加速器的预制研究，应该成为科学院要抓的主要项目之一。所见可能有误，请你们研究。

周恩来

一九七二年九月十一日

周总理的回信是由他本人亲笔书写的，笔迹一如他多年的俊朗从容。从信中可以看出，他对科学研究有着深刻的了解把握，对张文裕等十八位科学家的信读得十分仔细，而且准备做进一步了解。在信中，这位政治家还创造性地提出了一个科学用词，叫"预制研究"，给了当时各方面不统一意见一个互相包容、逐渐深入、达成一致的时段和空间。

而前提是：这件事不能再延迟了。

大家真是又惊又喜。

他们对周恩来总理的信任很快得到了回应，可见在当时极为复杂的社会形势下，日理万机的总理，仍然深深惦记着科学的发展，并毅然做出了决断。

总理的回信迅速传遍了科学院，震动了所有的人。张文裕、谢家麟等十八条好汉的兴奋自不待言，那些跟他们同样心情，期盼早日步入科研正常轨道的科技工作者也都如获至宝。总理的叮嘱成了他们长久的动力。

借着这股子劲，1973年2月，中国科学院高能物理研究所正式成立。显而易见，高能加速器成为所里的主抓项目。但事情没有那么简单，反对的声音也并没有消停，况且，即使总理批示，也只是说让大家进行研究，并没有具体说建什么样的加速器，方案之争从一开始就存在，进入研究阶段更是针锋相对。

下一步究竟如何进行？

1975年3月，中科院高能所又经过几年的反复论证，提出建造一台40吉电子伏质子同步加速器的方案（即"七五三工程"），国家计委计划拨款4亿元人民币。但是，由于极"左"势力的干扰，方案再次夭折。

到了1977年11月，邓小平恢复工作，百废待兴，"七五三工程"才又得以启动。十年浩劫使得中国的高能物理研究水平与欧、美等先进国家拉开了更大距离。中共中央派方毅来中科院主政，在他的过问下，召开了高能加速器方案论证会和基本粒子理论座谈会。两个会议一起开，然后分开讨论，会议规格很高，主持会议的是当时中科院领导中分管科研业务的武衡和钱三强。

钱三强主持学术讨论，论证会上，电子派、质子派、直线派、回旋派……七嘴八舌争论了好几天。

要结束的那天，会议室里立了个大黑板，上面写着

"一""二""三"，几个方案都写在了上面，钱三强对几个方案逐一分析，讲评。在场的会议代表都能看出他的激动，他拿着粉笔，对不同意的就唰唰地打叉，手的动作幅度相当大，最后就剩下了那个400吉电子伏的质子同步加速器。

这是一个激进的"赶超"方案，即准备花10年的时间，到1987年建成（即"八七工程"）。其第一步为50吉电子伏质子同步加速器，第二步的规模可以与欧洲核子研究组织的400吉电子伏超级质子同步加速器（SPS）相媲美。

但事与愿违。

本来工程开始选址，高能所调进大批人马，既有科研人员，也有工程技术人员，到北京周边转了个遍，最后选在了十三陵附近，预研基地则选在了玉泉路，一切都有了实质性的进展。看起来万事俱备，只欠东风之时，不好的消息传来。

这东风，就是经费，国家拿不出这么多的钱。不得不承认，实际上，这一方案的预算大大超出当时国家的经济能力。十年"文革"折腾，一个家都成了烂摊子，到处都需钱来补洞，要花钱的地方太多了。1980年底，在基本建设紧缩、国民经济调整的方针下，雄心勃勃的50吉电子伏质子同步加速器计划又不得不下马。

算起来，此时已是七上七下。

到这会儿，方守贤都快50岁了。从20多岁踏入中科院的大门之后，他参与了全部七次加速器方案的论证及理论设计，从

20世纪50年代末到80年代初，蹉跎岁月，早生华发，而中国高能加速器的建造仍在徘徊。

50知天命。

这件事真的不能再延迟了。

第二章

Chapter Two

一、李政道：清水和鱼

有一个小故事。

爱因斯坦的女秘书杜卡斯曾经问他，能否就相对论给出一个简单的解释，以便她可以用来回答许多记者的提问。爱因斯坦想了一会儿，然后说："和一个漂亮女孩坐在公园的长椅上，一小时等于一分钟；但是坐在炽热的火炉上，一分钟等于一小时。"

中国科学家期盼等待的岁月，可以用爱因斯坦的火炉来形容，时光显得既短暂又漫长。在那段难熬的时光里，有一个人不能忘记，他几乎从一开始就陪伴着国内的科学家，肩并肩地与他们站在一起，互相给予力量。

这个人就是李政道先生。

我陆续采访到的科学家，无一不提到李政道先生。他们都是当年北京正负电子对撞机建设以及二期改造的亲历者，从方守贤、叶铭汉、郑志鹏、张闯、徐绍旺、柳怀祖、陈和生，其中好几位都曾担任过中科院高能所的所长，到风华正茂的现任所长王贻芳等诸位，他们从不同的角度回忆当年，说着说着，就说到李先生这儿来了。

方守贤院士在百忙之中，跟我谈了一个上午，中间好几遍强调："李政道先生起了决定性的作用。"

采访年过九旬的叶铭汉院士那天，我提前准备了好几个话题。他的叔父便是中国物理学的奠基人之一叶企孙，叔侄两人都是极负盛名的物理学家。老人谦逊有礼，我说明来意时，他嘴里一个劲地嗯嗯着，待刚刚坐定，三句话之后就不由说道："有一个人的功劳不能忘记，那就是李政道。"

曾经担任北京正负电子对撞机工程领导小组办公室主任和中国高等科学技术中心秘书长的柳怀祖与李政道相处甚多，李先生每次回国，他都少不了要迎来送往，替李先生张罗许多事情。他感叹道："李先生这个人啊，为了祖国的科学，不惜力。"

一个很家常的说法，不惜力！大家都把李政道先生当成了家人，而李先生为了中华大家庭，把自己当成了该尽责任的一员，殚精竭虑。

上海出生的少年李政道，经历了战乱流浪，四处求学，1946年7月从上海坐船离开中国。轮船在海上航行了整整三个星期，波涛起伏的大海就像他的心潮，难以平复。那时他不会想到，这一去再回来竟是在26年之后，去时他还未满20岁，只是一个满怀求知渴望的年轻人，回来却已是誉满全球、世界顶尖的科学家。

他带回了一个传奇，之后又创造了一个个传奇。

1972年9月，李政道回到了阔别的祖国，第一站是上海，从这里走的，又回到这里。他带着美丽的妻子秦惠箬，先是参观了工业展览馆、江底隧道、少年宫、汽轮机厂、人民公社，还观看了一出现代京剧《龙江颂》，芭蕾舞剧《白毛女》。看着看着，李先生开始皱起眉头，细心的妻子问他怎么回事？

李先生说，你注意到了吗？中国的科学家都干"革命"去了，大学生们都劳动去了，科研的话题没人敢涉及。妻子深有同感。

他与夫人又来到北京，京城一批科学家听说他要来，兴奋极了，早就望眼欲穿。在他下榻的北京饭店，张文裕、朱光亚、何祚庥等纷纷前来拜望，李先生与他们彻夜交谈。他谈到他的忧虑，说他察觉到中国关于基础科学研究和培养年轻科学人才方面存在严重的失误，与国际相比已经形成断层，他要把这些问题提出来，找到解开这些难题的答案。

"是啊！"张文裕他们迫不及待地说。

李先生的话说到了他们心里。张文裕把给总理写信的事告诉了李政道，信的内容就是要建造高能加速器，加强基础科学的研究；周总理很快回了信，根据当时的国内形势，总理的做法显然也是冒着风险，会受到有些人置疑的，但总理明确做了指示，建造高能加速器这件事再也不能延迟了。

张文裕还兴奋地说，周总理知道李先生回国，特地嘱咐他和朱光亚，要向李先生请教。

李政道听了这一切，感慨万千。他是个热血男儿，当即毫不犹豫地表示，我支持你们；但他又是一位严谨的科学家，同时告诉张文裕他们，他回到美国后，要做一些调研，并约请一批高能加速器的专家，帮助论证、拿主意。

不久，周总理接见了李政道。让李政道有些意外的是，在中国一般学术研究几乎完全停顿的情况下，周总理却在接见中专门向他问及云南宇宙线观测站的高能粒子实验的一些科学问题，并说毛主席对此也十分关心，要将与李先生谈话的内容上报给主席。李政道没想到国内重要领导人会那样重视科学，甚至还亲自了解实验过程的细节，这在他看来是相当惊人的，他意外又感动。

他真诚地谈到自己回国的感受，从20世纪50年代到60年代上半期，中国已经有了能够自己制作"两弹一星"的强大科学家队伍，可是到了70年代初，这支队伍却处于濒临瓦解的境地。假如再这样下去，老一代的科学家尚且难保，培养年轻一代的科学家又何从谈起呢？因此，如何帮助祖国建立一支新的、年轻的科学工作者队伍，是他回国后感触最深、忧虑最深的问题。

周总理说："政道先生，希望听听你的意见。"

李政道侃侃而谈。

从那以后，夫人秦惠䇹感觉出李政道的变化，丈夫除了一如既往地认真教学和研究之外，花费大量时间和精力关注祖国的科技教育。两年之后，李政道与夫人再次回国，在上海再次参观复旦大学时，他痛心地看到，这所著名高校唯一的研究工作仅仅是测量几只大电灯泡的功率，夫人秦惠䇹也唏嘘不已。他回到宾馆住地愤而疾书，写下一篇《参观复旦大学后的一些感想》，直言不讳地写道："在理科中，基础科学的训练是比以前有相当大量的缩短。这缩短是对的吗？……"他强调，"中国要富强，就要重视基础科学的发展，要从培养人才做起，下决心培养一支少而精的基础科学人才队伍。人数不要多，按当时国家八亿人口算，占0.01%或0.001%就可以了。如果没有这样一支队伍，十年后国家就会出现严重问题，甚至发生不可挽救的危险。"

痛之切，言之深。

后来到了北京，见到不少中国科学家之后，他更是彻夜难眠，在北京饭店又写下了一篇《关于基础科学与应用科学的补充说明》。他煞费苦心，不厌其烦地从常识说起：

什么是基础科学？拿物理来讲吧，宇宙间自然界中一切事物的演变都有它们的规律。星云星球的变化过程是有一定规律的，原子分子间的相互作用是有一定规律的，核和基本粒子的构成反应也是有它们间的规律的。可是这些不同事物的规律又基于一组共同的基本规律，要了解和掌握这组基本规律，就要去研究基础科学。

掌握了自然界的基本规律，就可以将这些规律反复地、螺旋式地循环应用，这就产生了应用科学。近日的应用科学是基于过去的基础科学的成就。现在觉得有用的应用科学项目，如激光、电子计算机、核反应堆，在二三十年前是没有的。它们的产生是由于我们过去在电动力学、量子力学等基础科学上的成就。而目前有用的应用科学，不见得在二三十年以后，还都有同样的用处。

要有将来的应用科学，就得有今日的基础科学，所以，培养基础科学人员的问题恐怕是不能忽略的。

李政道在祖国的灯光下，写出的这两份建议，字里行间透出强烈的赤子之心。为了替国内各种争议解除疑惑，他在中科院高能所等地做了多场专题学术报告，介绍分析物理科学将面对的未来。又和张文裕、谢家麟他们一起就建设高能加速器的问题进行了深入讨论，问题的重点是，如何在高能物理研究中，将基础研究与应用研究结合起来。

他用了一个形象的比喻："基础科学清如水，应用科学生游鱼，产品科学鱼市场，三者不可缺其一。"

这个比喻后来成为经典。

二、更为深沉的追求

1974年，就在李政道特别沮丧地发现，在自己的祖国，这几千年的文明古国，教育几乎完全停止，科研更是停滞，他非常希望有一种办法能改善这种状况的时候，有一天，突然出现了一件令他意想不到的事情。

5月30日，早上6点钟左右，北京饭店，李政道下榻的房间，电话铃意外地响了起来。有人通知他，毛泽东主席想在一小时内在中南海里的住所见到他。

李政道十分惊喜，又好生忐忑。他刚给中国领导人写出两封建议信，直言不讳地谈到了他所忧虑的问题，但是会得到什么反应？他难以揣测。难道信这么快就传送到了毛泽东主席那里？不可能。

可现在，千真万确的是，那位世界瞩目的领袖马上要接见他。

李政道怀着不安，被一辆黑色的红旗牌轿车接进了中南海。

正是清晨，中南海的树丛中，不时传来鸟儿的鸣叫声，就在那间堆满了古籍的书房里，毛泽东斜靠在沙发上，这位让西方人谈而生畏的政治家，见到李政道时面露微笑，简短的礼仪性寒暄之后，第一句话就问："告诉我，为什么对称是重要的？"

李政道万分惊讶，他完全没想到毛主席会首先提出这样一个学术问题，他一时愣住了。

毛泽东看上去兴趣很浓，接下来说，对称是平衡的，平衡是静止的，他的一生最重要的是动，不是静。他不觉得自然界跟人类社会发展有太大的分别。人类发展的要点是动，自然界也应该动。静止、对称，到底有什么重要性？毛泽东再一次问。

李政道脑子里迅速地打转，他想，应该怎样向毛主席解释呢？

在此之前，他曾听说过毛泽东这位伟人对宇宙以及物理有着强烈兴趣，曾经高度关注物质结构研究的重大突破，与中国粒子物理学家讨论过日本理论物理学家坂田昌一教授的"关于新基本粒子观的对话"。

毛泽东在那次讨论中说：世界是无限的。世界在时间和空间上都是无穷无尽的……宇宙从大的方面看来是无限的，从小的方面看来也是无限的。不但原子可分，原子核也可以分，电子也可以分……因此，我们对世界的认识也是无穷无尽的。

毛泽东从一个哲学家的角度阐释了世界，与科学的探索有许多印证之处，这让李政道惊叹不已。

但他提出的"对称"问题，为此和杨振宁一起获得了诺贝尔物理学奖的李政道想解释清楚，一时还颇费脑筋。按照《韦氏字典》的注释，symmetry的意思是"均衡比例"，或"由这种均衡比例产生的形状美"。在汉语中，symmetry的意思是"对称"，这个词带有几乎完全相同的含义。可见，对称是一种静止的概念。但按照毛泽东的观点，人类社会的整个进化过程是基于"动力学"变化的。动力学，而不是静力学，是唯一重要的因素。毛泽东坚持认为，这在自然界也一定是对的。因而，他完全不能理解，对称为何在物理学中会被捧到如此高的地位。

会见时，李政道是唯一的客人。在他和毛泽东的椅子之间有一张小桌子，上面放着本子、铅笔和常用来待客的绿茶。毛泽东一边说话，一边摇动着手，像是要拨开眼前的空气，而那空气里有着尘埃，或是一道道屏障。

李政道将一支铅笔放在本子上，再使本子倾斜朝向毛泽东，然后又朝向自己，这支铅笔就在本子上来回滚动。李政道说："主席您请看，尽管这里没有一个瞬时是静止的，然而整体而言，这个动力学过程也有对称性。对称这个概念绝不是静止的，它要比其通常的含义普遍得多，而且适用于一切自然现象，从宇宙的产生到每个微观的亚核反应过程。对称是整个宇宙规律的一部分，有极重要的意义。"

毛泽东看上去很赞赏这简单的演示，他点头。然后，又向李政道询问了有关对称的深刻含义以及许多物理专题的问题。

说着说着，毛泽东对过去没有时间学习科学表示遗憾，但他还记得英国物理学家汤姆孙的一些科学著作，他说，他年轻时很喜欢阅读这些书。

他们的谈话从自然现象逐渐转到人类活动。最后，毛泽东接受了李政道的一个小建议，即：至少对于优异青年学生的教育应该继续坚持，并予以重视。毛泽东表示赞同。

这个小建议后来得到周恩来总理的有力支持，促成了科技"少年班"的开办，对十几岁的优异学生采取特殊的强化教育的方案。"少年班"首先在地处安徽的中国科学技术大学开办，后来中国其他一些大学也相继开设。

会见第二天，李政道按原定计划飞回美国，在机场，他收到毛泽东主席让人专程送来的一件礼物：一套汤姆孙的1922年原版的四卷本《科学大纲》（ *The Outline of Science* ）。

毛泽东主席的接见，在李政道心里无疑被当作祖国对他最庄重的欢迎。尽管短暂，但他感受到了中国领袖更为深沉的追求："在人所固有的在自然界寻求对称的渴望与他对社会的要求之间存在一种关联，两者同样是有意义的，而且也是均衡的。"他在后来的文章中记述了这次会面，对毛泽东深刻而有趣的谈话回味再三，这成为他向往祖国的一种潜在的动力。

三、同船共渡

高能加速器的七上七下，九曲十八弯，弯弯都是险滩，有心报国的科学家们好比船上的水手，冒着风浪，用尽心智，大胆又小心地涉过一滩又一滩。

李政道、丁肇中、袁家骝和吴健雄夫妇，还有许多海外华裔科学家出于爱国之心，跟大家一起站在了船头。

李政道曾在国内外反复调研、论证，究竟哪一种加速器更适合作为中国高能物理研究起步的加速器。1976年，他就开始建议造一台几亿电子伏的正负电子对撞机，为了让国内的同行们了解这种对撞机，他带回了大量关于正负电子对撞机和同步辐射的资料。

后来得知国内的方案是要建造高能质子加速器，并开始了预制研究工程。他虽然并不赞成这个方案，但他十分尊重，利用回国的机会多次与中科院高能所的张文裕、方守贤他们讨论如何建造质子加速器、派人到美国学习等一系列问题。但后来的方案即"八七工程"，不仅是他，还有著名的美籍华裔科学家袁家骝和吴健雄也看出许多不妥，一种责无旁贷的爱国之心使他们难以沉默，于是他们三人共同给时任中科院高能所所长张文裕写了一封信。

已在美国取得极为重大的成果，1958年即当选为第一位华裔美国国家科学院院士，被称为"东方居里夫人"的吴健雄和她的丈夫袁家骝一直都关心着中国的科技进步。当他们得知国内准备建造高能加速器后，更是倍加关注，在与李政道合写的信中，他们恳切地指出：

轰击固定靶的质子加速器和正负电子对撞机的性能不同。从物理实验的角度，用高能量的质子轰击固定靶的质子加速器很容易进行能量较低的质子实验。因此，建造轰击固定靶的质子加速器，能量就要越高越好，经费自然也就会很高。但是，现在世界上已有的质子加速器，能量已经很高，从物理研究的角度来看，中国要建造新的质子加速器，其能量必须更高，经费也必然更高。这样，对中国目前的经济能力是否合适？

而能量较低的正负电子对撞机，譬如4吉电子伏的正负电子对撞机也有它独特的价值，可以做很好的基础研究和同步辐射的应用研究工作，并且比较适合当下中国的经济能力。当然，如果将来准备建造很大的质子加速器，那么，一开始步子就要跨得大一些，否则很难产生新发现。

三位在信里详细阐述了建造正负电子对撞机的优点，可以做的前沿物理研究，以及同步辐射的应用。

虽然政府当时没有采纳他们的意见，但他们的信对之后方案的取舍起到了重要作用。

1977年前后，中科院高能所为了建造加速器，在国际合作方面已经做了一些准备，连续几年向欧洲、美国派出过考察团，同时也与国外其他华裔科学家进行过多次讨论。

这年夏天，刚刚获得诺贝尔物理学奖的美籍华裔物理学家丁肇中夫妇回到中国，邓小平亲自接见。丁肇中当时在德国汉堡电子同步加速器研究中心工作，邓小平快人快语，问德国能不能帮助我们训练实验物理人才。

丁先生说："5到10人没问题。"

邓小平说："再多些呢？"

丁先生说："这，我要问一问。"

邓小平趁热打铁，说："至少10人，这是比较快的方法。建造一个中心要花3年的时间，不能耽误了。"

丁先生说："先搞小的，快一些。"

陪同接见的还有方毅，在一旁说："可以练兵。"

邓小平说："不能只是搞一个，大的要考虑，要花10年，快一点，节约一两年，要打歼灭战。"

　　这段话来自当时接见的记录，这些记录又来自亲身经历了高能加速器建造的柳怀祖先生。柳先生当年是一位浓眉大眼、能干风趣的帅小伙，最开始担任基建处的负责人，与有关部门负责人在北京四周寻找高能物理实验基地（加速器）的建设地方，没少吃苦受累。北京对撞机工程建设后，他担任了工程领导小组办公室主任，负责处理工程日常事务和各单位间的协调。他长得喜庆，工作又很负责任，与各方面都配合得很好。

　　他近年口述了一本《北京正负电子对撞机工程建设亲历记》，里面有好多是他的独家见闻，上述这段话就来自他的回忆。

　　邓小平当年接见丁肇中，促成了中国年轻科技人才到国外的进修学习，第二年，首批高能物理访问学者唐孝威、朱永生、郑志鹏、马基茂、张长春、郁忠强、童国梁、许咨宗、吴坚武、杨保中10人赴德国汉堡，在丁教授领导的实验室参加研究工作，为时近两年。

　　1978年5月，在美籍华裔物理学家邓昌黎教授的热情安排下，中科院高能所又派出10位科学家去美国费米国家加速器实验室（Fermi National Accelerator Laboratory, FNAL）访问，为时两个月，深化加速器的设计。陈森玉、周纪康、朱孚泉、刘德康、汤城5人得以在费米国家加速器实验室进修1年。

　　1979年9月，丁肇中再次回国访问中科院高能所，这回与中科院确定，每年派一批青年学者到他的实验室学习培训，俗称"丁训班"，并于出国前先在高能所举办"高能物理培训班"，进行5个月的先期培训，称为"先训班"。这一年，经过考试选拔，"丁训班"录取了陈和生等25名应届研究生，到1982年"丁训班"告一段落。后来，中科院高能所的三任所长，郑志鹏、陈和生、王贻芳都是丁肇中先生的学生。

丁肇中先生陆续为中国培养了近千名高能物理实验人才。这且是后话。

在中美两国还没有建立正式外交关系之前，李政道就考虑到，美国布鲁克海文国家实验室的加速器（AGS）与中国准备建造的加速器（BPS）能区较接近，具有重要的参考价值，于是就与美国能源部和布鲁克海文国家实验室联系，打算安排中国考察组去那里访问。但两国之间没有外交关系，而且可能涉及国家和军事机密，谈何容易？李政道花费了许多时间和精力，动用了个人的各种关系，与美国能源部多次斡旋，总算让中国考察组得以成行。

他山之石，可以攻玉。

李政道还亲自在布鲁克海文国家实验室组织了两次讨论会，分别讨论中国加速器的计算机需要和最适宜的探测器两方面的问题，这都是一些关键所在。众多海外华裔物理学家汇聚一堂，各抒己见，献计献策，好不壮观。

好些年里，李政道真是不惜力，他就像一个临上战场的将军，为中国的加速器建造做了各种精心的考虑。想到一上马就会需要各种人才，他在1978年1月写信给方毅副总理，提出了

《关于培养高能实验物理学者的一些建议》。

在提出建议的同时，他已与美国二十多所大学和三大国家高能实验室，即布鲁克海文国家实验室、费米国家加速器实验室和斯坦福直线加速器中心（Stanford Linear Accelerator Center, SLAC）进行了联系，要向每个实验小组派一两位学者，再加上向三大高能实验室派三五位学者，总数在短期内就可达到几十位，可以满足高能加速器建成后做实验的初步要求。

为了对李政道先生有更多了解，我曾专程到上海交通大学李政道图书馆参观。在交大美丽的校园里，所有的大道和建筑都有值得纪念的历史，阳光下，李政道图书馆更显得庄严雅致，风格独特。走进馆内，我惊讶地看到有关李先生丰富的藏品，光来往书信就有好几万封。那些长短各异的信笺上，流淌着李先生流利的笔迹，那是他当年写给许多一流大学的校长、教授的一封封推荐信。

我在那些书信前站立了很久，它们被图书馆的工作人员摆放得十分别致，看上去就像一只只飞舞的蝴蝶，连在一起，又像一道美丽的彩虹。它们静静的，但依然散发着鲜活的生命力，因为它们来自一个热血男儿，对祖国最为深厚的情意，跳跃着他那颗滚烫的心。

情深意切。

1978年，春天的脚步已经来临，中国政府很快就接受了李政道的建议并立即开始了派遣学者的选拔工作。到7月份，中科院高能所和有关研究所就向美国五大国家实验室和部分大学以及欧洲核子研究组织派出了近40名学者。

这些学者被称作"李政道学者"。

还有那些"丁肇中学者"。

李政道、丁肇中、袁家骝和吴健雄……与中国的物理学家同船共渡，船儿在他们的划动之下，向着科学的彼岸前行。

四、1979年6月11日的深夜

李政道为促进中美之间在科技领域里的合作，做了一系列努力，他看准时机，千方百计帮助铺平道路，使得在邓小平和卡特签订《中美科技和文化合作协议》的同时，方毅副总理和美国能源部部长施莱辛格签订了《中华人民共和国国家科学技术委员会和美利坚合众国能源部在高能物理领域进行合作的执行协议》。该协议确定了中国发展高能物理，建造高能加速器，美国必须给予的技术合作。

又在他的建议下，成立了中美高能物理联合委员会，由中美双方代表组成。1979年6月10—12日，中美高能物理联合委员会在北京召开了第一次会议。

北京饭店，迎来了这些著名的科学家。中方的主席是张文裕，执行主席林宗棠，成员有朱洪元、胡宁、谢家麟、肖健等；美方执行主席詹姆斯·李斯，成员：李政道、潘诺夫斯基、威尔逊、袁家骝等。

会议分两个小组进行：一个讨论合作项目，一个讨论专利和版权问题。

开始的气氛很融洽，古老的北京，优雅的北京饭店，周到热情的接待，让到会的美国专家心情愉悦。但谈着谈着就卡壳了，那时候中国对于专利和版权方面还没有立法，而美国专家又十分看重专利和知识产权，各种条款都是以他们的法律为原则的。两边说不到一起，谈得很艰苦，整整两天才算达成协议，美国代表团团长詹姆斯·李斯（J.Leiss）幽默地举起茶杯，向中方谈判代表季承、吴贻康等表示祝贺。美方专利和版权谈判代表丹尼（J.Danny）则自豪地宣布，谈判圆满结束。

另一个小组讨论的是合作项目，听说专利和版权的讨论圆满结束，他们也加快了谈判的进程，很快也达成了协议。

但就在皆大欢喜的时刻，一个意料之外的问题出现了。双方最后谈到协议签字有关技术细节时，美方团长李斯突然说道："各位，我只能以高能委员会美方主席的名义签字，不能以能源部的名义签。"

中方代表张文裕等大吃一惊，这意味着协议的权限范围大大缩小，那怎么可以？

但李斯摇着头说，他来中国时没有被授权代表美国能源部在中美双方协议上签字。中方当即表示不能接受，会议形成僵局。

这是11日的夜晚，华灯初上，晚餐时大家食欲全无。李政道动员詹姆斯·李斯，按照中方的要求向华盛顿电话请示。但李斯认为不妥。李政道又去动员美方另外一位重要代表潘诺夫斯基。

潘诺夫斯基是犹太裔科学家，在美国政界很有影响力，当过美国总统科学顾问委员会主席，是美国斯坦福直线加速器中心所长，对中美高能合作非常热心，已不止一次来到中国。大家都与他熟悉了，叫他老潘。据说这叫法还是方毅最先叫出来的。

李政道请老潘给白宫打电话，然后又催着李斯向美国能源部请求，反复说："如果谈判没有结果，那这一次会议岂不是白开了吗？中方那边什么都准备好了，邓小平先生还准备接见呢。"

李斯终于拿起了电话。

隔着大洋，美国那边正是白天，而北京已近深夜，双方代表却都没有睡，好些人聚在一起等待结果。时间在一分一秒中度过，气氛几近凝滞。困顿之中，有的人靠着椅子打个盹，有的人来回走动。熬不过的工作人员干脆就躺在了会议室的地板上。

时隔多年，柳怀祖仍然清晰地记得那个难忘的夜晚，他说，当时的心情就跟战场上一样紧张。

清晨的曙光透过窗帘，黎明在大家的等待中悄然来临，李斯一脸疲惫地走进会议室，大家都盯着他的脸，他耸耸肩膀，说："OK！"

张文裕迎了上去，李斯握住他的手，再一次说："我很高兴地告诉你，白宫授权我签字了。"大家顿时笑逐颜开，双方握手称庆。

12日下午，在北京人民大会堂，中国国家科学技术委员会和美国能源部正式签订《中华人民共和国国家科学技术委员会和美利坚合众国能源部在高能物理领域进行合作的执行协议的附件》以及《一九七九年六月至一九八〇年六月中美高能物理技术合作项目》两个协议。

中美在高能物理领域的合作正式开始。

就在同一年，诺贝尔物理学奖获得者格拉肖，用一张"蛇形图"生动讲述了物质从宏观天体到微观粒子的故事，展示了物质世界的尺度和学科的分野。这条"格拉肖蛇"首尾相衔，格拉肖说这并不意味着天体物理将粒子物理吞没，而正是说明，在足够小和足够大的尺度下，两者具有统一的理论，即电磁力、弱力、强力、引力相互作用"合四为一"。

这条"格拉肖蛇"，从头部开始为：银河系、最近的恒星、太阳系、地球、山脉到人、DNA、原子、原子核、粒子，最后进入蛇口，为大统一理论。一条令人无穷遐想，无限大又无限小的蛇。

中国人该做什么？

五、终于盼到了这一天

中国邮政局在1978年发行了一套邮票，只有1枚，题为"飞天"。

这枚邮票是为纪念中国科学技术协会第二次全国代表大会的召开而设计的。"飞天"的创意来自于敦煌壁画。"飞天"是人类自古以来的梦想，但只有现代科技的力量，才能让人类摆脱地心引力，自由地在太空翱翔。这枚邮票的画面背景为蔚蓝的宇宙空间，四位身着薄纱衣裙的少女，张开双臂遨游在天空中，追逐远处的火箭，其中一位少女手捧象征科技的标志，极尽浪漫。

科技的春天到来了。

人们喜形于色。虽然1980年底，中国政府出于调整国民经济的考虑，决定"八七工程"下马，但并没有完全取消高能物理的发展计划，而是根据邓小平提出的"高能物理发展不断线"的指示，要求很快提出调整方案。

第三次中美高能物理联合委员会会议按计划定于1981年6月在北京召开，有关高能加速器计划的调整应该及时向会议提出。中方朱洪元、谢家麟为此来到了美国费米国家加速器实验室，已在美国做访问学者的叶铭汉也作为代表参加；李政道出面邀请了一批美国的高能物理专家，中美专家一起在费米实验室组织了一次热烈的讨论，大多数与会者倾向于建造正负电子对撞机。

为了进一步论证，朱洪元、谢家麟二位又与斯坦福直线加速器中心那里的二十几位科学家谋面，再一次讨论了对撞机的技术难度和物理目标；在美的15位中国访问学者严武光、黄涛等也提出了"关于建造一台正负电子对撞机的建议"。

蓄势待发，箭在弦上。

大家都意识到：无论是主张哪种方案，这次再也不能下马了；方案可以调整，但决心不能变。

有一位叫伯恩斯坦的科学家写过一篇《宇称问题侧记》，开篇便说道："自从第一颗原子弹的巨响震动人寰以后，物理学在人们的心目中就变了样子。物理学作为几乎是纯科学由学者们在大学和研究所里进行研究的时代已经过去，而且很可能永远也不会再返回。"伯恩斯坦的预言在日后不断得到应验。他写这篇文章与杨振宁和李政道有关，李政道当然更为真切地懂得这一切，随着国际科学界的科研成果日新月异，他的祖国不能再迟迟徘徊，他为之奋力呼吁奔走。王淦昌、钱三强、张文裕、谢家麟、朱洪元、叶铭汉、方守贤、郑志鹏……一代又一代物理学家，一腔爱国志，泣血杜鹃红，终于迎来了高能物理的春天。

周恩来未能完成的事情，最后由邓小平一锤定音。

1981年12月22日，邓小平在中国科学院关于建造2.2吉电子伏正负电子对撞机建议报告上做出批示："这项工程进行到这个程度不宜中断，他们所提方案比较切实可行，我赞成加以批准，不再犹豫。"

这年年底，邓小平接见李政道时，李先生又直接向他陈述了选择正负电子对撞机方案的理由，邓小平再次果断地说："方案已经定了，我说过了，不要再犹豫，要干！"

春风化雨。中国的改革开放带动了科学大踏步前进的步伐。在北京建造一台既适合我国国情，又能使我国高能物理实验研究进入世界前沿的、束流能量为2.2吉电子伏的正负电子对撞机，即北京正负电子对撞机，终于得到批准。1984年10月7日，BEPC工程破土动工。邓小平、万里、杨尚昆、方毅等中央领导来到中科院高能所参加奠基典礼。他们先观看了工程模型，然后走到施工现场，邓小平弯下腰为奠基石培上了第一锨土，而后直起腰来，对着周围的人神色坚定地说："我相信这件事不会错。"

现场一片欢腾。

科学家们也培上了一锨锨土。李政道、钱三强、卢嘉锡、王淦昌、潘诺夫斯基、林宗棠、张文裕等人并肩站在一起，他们的脸上布满了会心的笑容。

张文裕喜悦地逢人就说:"我多年的心愿终于实现了。"

人们深深地点头,都懂得这位白发苍苍的老科学家话里含有多少复杂的情感。1972年张文裕与李政道在北京饭店见面后不久,中科院就正式成立了高能物理研究所,张文裕成为第一任所长。这十几年里,几多风雨几多坎坷,他熬白了头发,说破了嘴皮,甚至累垮了身体,酸甜苦辣尝了个遍。

现在,眼见那奠基石深深地埋进土里,这些为之奔走呼吁多年的科学家们,心里那块沉甸甸的石头也总算是落了地。

六、点　将

　　显然，奠基只是这场宏大工程的一声号角，一项伟大的工程必须配备好队伍，凝聚好各方力量，部署好战略战术。

　　邓小平亲自点将，由国务委员兼国家计划委员会主任宋平负责，成立北京对撞机工程建设领导小组，承担按时保质完成工程任务的责任，并被赋予解决问题的权力和手段。领导小组的成员是：

　　谷羽：中国科学院顾问

　　张寿：国家计划委员会副主任

　　林宗棠：国家经济委员会副主任兼国务院重大技术装备领导小组办公室主任

　　张百发：北京市副市长

　　这是一个很有意思的班子搭配。张寿负责经费协调，林宗棠负责设备研制；张百发负责土建工作，他们一致推举谷羽为组长，抓全面。

其实早在1981年12月22日这一天，邓小平在正式批准建造北京正负电子对撞机方案的那会儿，就直接点了将，他对方毅他们说："谷羽同志在这方面工作有丰富经验，就让她去抓北京正负电子对撞机（建设）吧。"

谷羽这名字的来历有学问，她原名李桂英，安徽天长人，早年上中学时就投身革命，抗战时期去了延安，在那里与中共中央青年工作委员会委员胡乔木相爱结婚。胡乔木是文人，也是改过名的，"乔木"二字取自《诗经·小雅·伐木》中的"伐木丁丁，鸟鸣嘤嘤，出自幽谷，迁于乔木"，意为高大、挺直。胡乔木与这位安徽姑娘相恋之后，将她的名字由李桂英改为谷羽。羽即鸟翼，在一片伐木声中，鸟儿展翅飞向高大的树顶，寻找知音。两人姓名同出一典，一往情深。

谷羽虽为胡乔木之妻，但却丝毫没有架子，从延安到北京，她当过北京汽车装配厂的副厂长，中科院计划局副局长、新技术局局长，曾为"两弹一星"付出过诸多努力。她常年一双布鞋，齐耳短发，显得朴实热情平易近人，办事有魄力，对科学家、工程技术专家们十分尊重，而科研人员也非常喜爱这位老大姐。在人们心目中，她是北京正负电子对撞机建设领导小组组长的最佳人选。

张百发、林宗棠、张寿这三位，又都各有特长，要说起每个人的成长经历，都好生了得。林宗棠和张百发之间常开个玩笑，张百发说："你抓的事情是攀登科学高峰的尖端技术，我充其量就是管一些泥瓦匠的活。"林宗棠说："你干事情如强弓硬弩，百发百中啊！"

说笑归说笑，干起事情来可是毫不含糊。事后证明，对撞机的建造达到了最有效率的组织和协调。领导小组分工明确，谷羽做到放手、放权、放心，其他几位各负其责，有职有权，高效统一。后来，参与过北京正负电子对撞机工程建设的美国科学家们由衷地说："你们是中国效率最高的领导集体之一。你们有什么秘诀？"

张百发开玩笑说："其实也没什么秘诀，就是我们三人全听谷羽的，而实际上，她又全听我们三人的。这就是一条心，一股劲。"

带着那个时代的印迹，从计划经济刚刚向市场经济探出手去，一切都还可以由行政领导说了算，一声号令之下，千军万马齐上阵，没有价钱可讲。在柳怀祖的回忆里，说到当年开会的片断：领导小组一般是一个月开一次会，一般都在中科院高能所主楼的三楼会议室，就是原来科大三楼中间那个教室开。有时候也在现场开，比如有关土建工程的会，就在现场工棚开。一般来说就是老太太（谷羽）主持，高能所的同志汇报一下总的进展情况，各部分也都说说进度，然后就说问题，比如哪个部门遇到什么困难了，或者哪个地方出质量问题了，进度慢了，等等。叶铭汉、方守贤等都参加会议。如说到土建的问题，老太太就说："百发，怎么办？"

张百发就说："行，立马解决。"

老太太说:"行了,小柳,盯着。"

小柳就是柳怀祖,他应道:"好。"

这就算行了,到了下一次会,再行检查,上次说到的问题十有八九都解决掉了。在这样一个复杂而巨大的高科技系统工程中,任何局部质量或进度上的问题都会影响整个工程的进展,工程进行中又随时会发生各种情况,没有强有力的指挥确实不行。

一层层定了军令状。从工程领导小组、国务院重大技术装备领导小组、各有关部委,到主要设计和建设单位,实行严格的责任制。

严冬来了,年过六旬的谷羽也常和大家一起守在工棚里,大家围着一个煤炭火炉,现场解决工艺环节出现的问题。有问题就抓住不放,一级盯一级,一直盯到问题解决为止,这叫作"全面紧逼,人盯人"的战术。因此,工程只要出现问题就能以最快速度解决。

谷羽和张百发几位跟专家们处得很好,听说哪家有困难就上门去了。那个年代人际关系密切,不像现在一说到家庭就怕是触动了别人的个人隐私,欲说还休。有一次,方守贤的爱人在家里生了病,方守贤在工地上连轴转,也没能回家照顾,爱人在煤气炉上煮了锅汤却忘了,后来糊了锅冒起浓烟,幸亏邻居发现得早,叫来消防车及时扑灭了火,才没有引起大事。谷羽听说之后,立马叫上人到方守贤家里探望,把方守贤的爱人送到医院,直到一切安排好才离开。

时间长了，大家也都跟着张百发几个叫谷羽"老太太"，谷羽也不在意，平平常常地随口应答，一点也不别扭。她常对张百发、林宗棠他们说，涉及设备技术上的问题，一定要听专家们的，我们就是为他们排忧解难的。

他们还建议将专家放到工程建设各级领导岗位上去，这事也并非一帆风顺，因为牵扯到干部体制，好些专家过去只搞业务，根本没有一官半职，要突然给他们弄个职务还得经过各种程序，谷羽想了很多办法，有时候就采取直接汇报，特事特办，让重要的科学家走上领导岗位。

工程进行不久，中科院对高能所的领导班子进行了调整，年过74的张文裕终于得到了稍多的休息。叶铭汉被任命为所长，张厚英为常务副所长，谢家麟为副所长兼工程项目经理，方守贤为副经理。还提拔了冼鼎昌、陈森玉、章炎、石寅生几位科研骨干。一时间议论纷纷，阻力不小。谷羽毫不含糊，说："不用懂行的，用谁？毛主席、周总理在搞'两弹一星'时就用钱学森、钱三强嘛。"

一批专家因此进入到工程指挥部，同时，实行所长和经理负责制、职能部门和工程项目负责人负责制。至此，工程领导问题得到了妥善的解决。

中科院高能所内部人员也进一步招兵买马，一批批青年科技骨干走进了玉泉路。

一时间，精兵良将布好阵势，工程随之越加紧锣密鼓地进行起来。

七、想吃馒头，先种麦子

毫无疑问，这项工程的复杂性和巨大性，在当时中国的科学史上是前所未有的。

它将由上万台集中了当代高新技术的设备组成，需要中央十几个部委所属的数百个科研单位、高等院校和工厂进行设计、施工、制造和安装调试。而当时，我国对那些技术复杂、精度要求极高的专用设备大多未曾做过。

本着独立自主、自力更生的立足点，同时采取吸收国际经验，但排除一切靠引进的思路，决定除计算机等少数当时无力研制的设备以及用量很少不值得花人力、物力去研制的设备、材料、部件外，其他设备和零部件都要在借鉴国外先进技术的基础上，主要依靠自己的力量研制。

加速器专家谢家麟被确定为总设计师。

总的建造方针已经多次论证，要"既能进行高能物理研究，又能实现同步辐射光应用"，充分吸收国外对撞机的设计经验，达到对撞机"一机两用"的目标。这对谢家麟来说，是一个巨大的压力，可也是他多年梦寐以求的科学目标。

谢家麟出身于书香门第，童年在哈尔滨度过，中学之后来到北京。父亲是律师，早年与中共早期领导人李大钊同过学，两人在学校时结下了深厚友谊。后来两人天各一方，李大钊被害之后，谢家麟的父亲心中悲哀，却无法公开流露，暗地里写下了一首悼念的诗：

挽李守常己巳旧作

奇才已绝汉三辅，

阅识徒有禹九州。

吾道故应付刍狗，

世人谁解重骅骝。

孤松拔地风千尺，

五岳填胸土一杯。

我有倾河注海泪，

夕阳无语送残秋。

父亲的情怀与修养，对谢家麟的影响是深长的。

谢家麟1943年毕业于燕京大学物理系后，赴美留学，1948年获得加州理工学院硕士学位，随后在加州理工学院和斯坦福大学物理系学习，1951年提交博士学位论文后随即启程回国。在那艘开往中国的轮船上，还有几十名一道回国的中国留学生，一个个才华横溢的年轻人，都为新中国的成立而兴奋不已，预备回国后一显身手。

轮船开到檀香山之后，停泊一天，大家上岸游览购物，但这天下午回船时，却发现美国移民局和联邦调查局的官员手持名单，把住舷梯口，挨个核对登船的旅客。

当谢家麟走到跟前，一问姓名，立刻有人叫他到船上大厅等候。然后，给了他和另外几个学生每人一封信。打开信一看，内容是根据美国的一项立法，声称美国政府有权禁止交战国在美学习科技专业的学生离境，违者将受到惩办。

谢家麟几人当下愤怒不已，但一时申诉无门，而且美方还特别提出要查看他们携带的行李，谢家麟的心一下子提到了嗓子眼上。

他一共带了八只箱子，那里面好多都是他准备回国建立微波实验室的器材，如果被查出来，肯定会遭到厄运。

检查人员命令船长派人领路，下到舱底搜查，但一看傻了眼，那里从舱底到顶板，行李堆积如山，要翻出谢家麟他们几个人的箱子实在不易。原定的开船时间早已过去，旅客们不停地催促，检查人员只好吩咐船长，待船开到香港后，要将谢家麟他们几个人的箱子卸下来，运回旧金山，到那里再行检查。

谢家麟不得离开美国，他只好无奈地下了船。

其实联邦调查局早就盯上了他，正是因为他携带的这些仪器。谢家麟和两位同学有志回国之前，曾写信给时任中国科学院秘书长钱三强，询问是否要带些关键的器材回来。钱三强当然表示赞同。于是他们设法采购了一大批重要的器材，如扩散泵、机械泵、磁控管、反射速调管、波导管、晶体检波器等，都是当时美国禁运的器材。

他们住在中国留学生俱乐部，几个人从外面买回器材，然后趁着黑夜装箱，尽管小心翼翼，还是弄出了动静。动身前的一天晚上，谢家麟正在实验室里工作，突然进来两个衣冠楚楚的男人，向他出示证件，竟是联邦调查局人员，要他到外面车上一谈。

两个男人将谢家麟挟到外面一辆车上，推到后座中间坐定，然后说，谈话是会被录音的。在询问了一般情况之后，然后问他是否决定要回中国。谢家麟说，"当然。我是中国人，我的妻子和孩子都在中国，我当然要回去。"

那两人问，"你回去后是否要替共产党政府工作？"

谢家麟理直气壮地说，"共产党政府是主张建设国家的，而我留学的目的正是要建设祖国，那我当然要工作。别忘了，我还得养家糊口。"

那两人无话可说，悻悻地让他下了车。谢家麟虽然身陷危机，但心底坦然，为了祖国，何罪之有？只是现在美国政府截住了他和他的行李，该怎么办？

为了避免给曾经工作的斯坦福大学实验室惹来麻烦，被强行留在美国的谢家麟没有回到已经十分熟悉的实验室去工作，而是找了家工厂当工人谋生，干着纯粹的体力活。为了不让那几件行李落在检查人员的手中，他想出一个主意，直接给旧金山海关写了一封信，意思是他本人因事不能前往，委托朋友代取箱子。在检查人员尚未顾及这几只箱子，海关也还只是将其当作一般滞留行李的时候，谢家麟委托朋友巧妙地取走了那八只箱子。

取回之后赶紧化整为零，分别找人陆续捎回国内，谢家麟才算放了心。

等到风声淡去，他才又回到斯坦福大学微波及高能物理实验室工作，后来又先后应聘于俄勒冈大学执教，在芝加哥麦卡瑞斯医学研究中心从事教学和加速器研制。他在芝加哥麦卡瑞斯医学研究中心开展了一项世界首创的科研项目，研制一台当时世界上能量最高的医用加速器，用它产生的高能电子束来治疗癌症。

有趣的是，他的两位助手，一位是他登报招聘的一名退伍兵，另一位是一名50多岁的机械工程师，他带着这小小的团队，用三年时间研制出了那台独特的治疗癌症的装置，一时成为芝加哥的重大新闻，在美国高能物理界引起了轰动。

1955年，谢家麟接到美国移民局的来信，要他在做美国永久居民还是限时离境回到中国之间做出选择。已在美国获得成果，面对各种优厚待遇的谢家麟毫不犹豫地选择了回国。就在这年夏天，他登上了美国总统轮船有限公司的"威尔逊"号邮轮，朝着他渴望已久的回乡之旅进发。

后来，针对正负电子对撞机的建造，谢家麟说过一句庄稼人的话："要吃馒头，先种麦子。"在美国做出的电子医用加速器，可以说是他种下的第一茬麦子；回国之后不久，他又种下了第二茬麦子。

一回到祖国，谢家麟就希望开展电子直线加速器的工作，把自己所学的知识一股脑儿献出来。当时有两种选择，一是做一台使用磁控管的低能加速器，二是做一台可向高能发展的电子直线加速器，前者容易后者难，但后者对于国防具有重要意义，谢家麟选择了了后者。

但接下来，难题接踵而至。研制一个刚刚出现的尖端科技装置，关键并不在于你是否了解其工作原理，而在于你能否把它在自己所能具有的条件下变成一个实实在在能够使用的实物。发展尖端科技，最大的问题就是要有解决研制中具体困难的能力，而具体问题又常出于细节。也就是说，做一件实验工作，实际的成败、优劣常在于微细之处。这是真正成功的实验物理学家都曾有过的体会。

谢家麟虽然在美国已经有了主持建造世界上能量最高的医用加速器的经验，但在国内，却缺乏所需的技术和材料，比如，需要与国防密切相关的、世界上功率最大的速调管来产生极强的微波，需要使用特殊性能的微波元件，需要使用当时刚刚发展起来的电子计算机来进行设计，需要使用特殊的精密加工技术和材料……所有这些在当时的中国都极为缺乏。怎么办？

谢家麟的信条是："做研究工作的最大动力是强烈兴趣，书本知识加上实际经验是创新基础，科研的敌人是浅尝辄止知难而退。"

谢家麟动员大家知难而进。

他那会儿的团队是一批刚参加工作的年轻人，有朱孚泉、李广林、潘惠宝、顾孟平、任文彬等，后来都成了BEPC直线加速器各系统的负责人。在分总体主任周述的带领下，建成了BEPC的注入器——正负电子直线加速器，这是后话。当时，谢家麟采取了一系列措施：一根据现有的物理条件设计；二培训；三建立实验室；四建立精密金工车间；五建立与有关单位的合作关系。通过这些措施，1958年，麦子熟了。

谢家麟带领大家研制出一台6兆电子伏低能量的电子回旋加速器，作为国庆献礼项目。当年的《北京晚报》上大字标题报道了这一喜讯。接下来，1964年又研制成功我国脉冲功率最大的速调管，还有我国最早的一台可向高能发展的30兆电子伏电子直线加速器。谢家麟在此期间还领导中子管的研制。以上项目有的获得全国科学大会奖，有的为我国试验的第二颗原子弹所使用。

麦香阵阵。

谢家麟种下的这些"麦子",后来在北京正负电子对撞机的建造过程中,发挥了宝贵的作用。也可以说,谢家麟和他的同事们早在多年前就练就了基本功,他领衔担任北京正负电子对撞机的总设计师,这些扎实的功夫全都派上了用场,当年带出来的技术人员和工作人员,还有实验室、车间,许多个合作单位,也都成了这项工程得力的骨干和亲密的盟友。

八、岂止十年磨剑

在采访和写作这本书的几年时间里，我接到过一些挺有诱惑力的邀请，采风、研讨、体验等活动，会去到一些风景优美、山水旖旎，或是变化甚大、气韵浓烈的城市乡村，但我多次谢绝。人家问你在忙什么呢？为什么不来看看？我说我得写《大对撞》。

我一本本啃读，那些初读极为晦涩，但渐渐有了味道的书，粒子、轻子、介子、中微子……它们像一颗颗小星星，在我眼前飞舞。我寻访一位位科学家，听他们讲述，他们质朴淡定，但内心似火，我感受着他们的深刻与寂寞。有多少人的汗水化作了河流，载动着不断向前的科学之船？我只能从文学的角度去仰望他们的崇高，领略他们闪现的光芒。那些耐得住寂寞，呕心沥血，种了一茬又一茬麦子，磨了一道又一道宝剑的人们，终将留在历史之中。

又终归有人穿越时光，重新来到我们面前。

　　有幸与多位科学家交谈，聆听他们睿智的谈话，但遗憾的是，最早就想采访的谢家麟先生，却在我已经通过中科院高能所作了安排但还没定下具体日子的那个冬天，永远地离开了我们。他年事已高，听说在一个寒冷的日子摔了一跤，引起并发症，很快就离开了人世。我只能通过其他人的介绍，还有他的著作，去了解这位科学家的内心。

　　谢先生撰写的《没有终点的旅程》一书，灰色封面上，他戴着一副眼镜，白衬衣，套着一件毛开衫，已是头发花白，脸上布满了皱纹，但眼神清亮犀利，具有穿透力。

　　打开书，可以看到好些照片，记录着谢先生从年轻到老年不同时期的工作状态。还有两张他与夫人的合影，一张摄于抗战时期的昆明黑龙湖畔，一棵青树也似的谢先生与婉约的夫人相偕而立，身后林木茂密，湖水波光闪动；另一张则是50年后，还是在这昆明黑龙湖畔，谢先生与夫人以当年同样的姿势相偕并肩。早年的谢先生英姿勃发，几十年后儒雅大度，岁月如水，人生易老天难老，山川未变人已老去，而不变的是他的心。

　　无论顺境还是逆境，无论年轻还是年老。

　　谢家麟回国之后，领导他的团队经过八年奋斗，在20世纪60年代前后取得一次次成果，但"文革"让他上了锅的馒头撤了火。家里的老父亲酷爱藏书，但所藏之书在"文革"中被一把火烧为灰烬，老人心痛不已，暗中留下诗作示儿："故纸堆中，几费钻研，心力枉抛"，绝望之情溢于言表。谢家麟的妻子与他原是燕京大学的同班同学，也是一位科学家，却被安排去烧锅炉，每天要用小推车来回拉几千斤煤，填满七八个大锅炉，每班劳作达12个小时。上大学时便爱好文学，常写一些短文在报纸上发表的谢家麟，此时也只能学着老父亲，偷偷以一首无题诗聊解愁闷：

飒飒秋风到古城，

残花剩柳尽凋零。

漏迟夜长人不寐，

依稀闻得晓鸡鸣。

与老父亲的悲凉不同的是，谢家麟的诗依然暗藏着对未来的期望，晓鸡鸣叫似已依稀闻得，他心里的科学之梦从未泯灭。"文革"期间，他与赵忠尧、张文裕、朱洪元、郑林生等人被安排在一个组学习，几位都抱有同样的情怀，常常是明里读文件，暗中却在交流科研。相互之间，对彼此的品格、为人，反倒有了更深的了解。1972年盛夏的一天，张文裕牵头给周总理写信，与谢家麟一商量，他立马点头附议。

那一年，作为中国首屈一指的加速器专家，谢家麟刚刚度过了50岁生日。紧随着"七上七下"，1977年11月，政府批准代号为"八七工程"的高能加速器建设时也成立了指挥部，由时任国家科学技术委员会主任赵东宛任总指挥，林宗棠（后来曾任航空航天部部长）为总工程师，郭树言（后任湖北省省长、三峡工程总指挥）为中科院高能所总工程师，谢家麟为总设计师。

谢家麟几次率队到国外考察、访问，磨砺队伍。在美国访问时，中美还未正式建交，听说他的到来，在美国不同城市定居的亲属们都纷纷赶来看望他，五妹、七妹，还有妻子的二哥等，他们都是学业有成的知识分子，有的在大学任教，有的经商，多年未见喜相逢，嘘寒问暖，说不完的家常话。滑稽的是，当时的有关规定，出国人员不能单独会见国外亲友，必须有一名党员同志在场陪同。当着外人拉家常，总是有些尴尬，好在陪同谢家麟的人十分通情达理，坐得远远的，尽量不影响他们亲友谈话的氛围。

那时国内物资紧张，兄妹们带给谢家麟成箱的东西，吃的用的一大堆，谢家麟也不便接受，只象征性地取了几样，算是领了心意。

亲友问他："你对回国后不后悔？"谢家麟真诚地说："不后悔，而且感到庆幸，当时做了正确的回国选择，使我有机会能够将自己所学的知识，为祖国建设服务。"

他说，"你们还记得吗？当年我回国时就有记者问过我为什么？我告诉他们说，我留学有了一点本领，留在美国只是'锦上添花'，而回到祖国则是'雪中送炭'。"

弟妹们听了频频点头，脸上流露出敬意。

1984年，邓小平亲手铲土埋下那块奠基石之前，谢家麟已领衔做了好几年的"预制设计"。但北京正负电子对撞机是一场新的考验，摆在设计方案面前的难题是：在各种高能加速器中，正负电子对撞机较静止靶加速器有更高的有效能量，而且本底很低，结果易于分析，优点很多。但它也有局限性，就是只能在设计得很窄的能区工作，离开设计能区，亮度就会以能量的四次方下降。因此能区的选择就成为至关重要的问题。国际上由于能区选择失当，建成之后的对撞机未能得到预期效果，已有先例。

定位在什么能区才是最为合适的？

BEPC，即北京正负电子对撞机，最初选在最适于粲粒子研究的束流能量为2.2吉电子伏能区，而且，定位在这一能区可以使对撞机除了进行高能物理实验之外，还能利用电子做回旋运动时产生的同步辐射，进行多学科的光与物质作用的研究。但后来又为何把能量指标写为2.2/2.8吉电子伏呢？这正是谢家麟在听取了一些国际上著名科学家的意见之后，考虑到在2.8吉电子伏能区粲重子研究的重要性，认为定位在2.8吉电子伏能区将有助于扩展对撞机的研究领域，延长其使用寿命。

他向中科院副院长钱三强汇报了此事，提出要求修改设计指标。钱三强认真听取了他的想法之后，认为有道理，但以前申报的指标是2.2吉电子伏，如果修改，势必造成许多程序上的困难，重新审批，说不定会旷日持久，又将是何年？于是，谢家麟巧妙地将2.8吉电子伏解释为裕量，就有了后来的2.2/2.8吉电子伏能量指标这一说。

北京正负电子对撞机工程作为一个规模浩大的科研工程，从一开始就有着双重性，既有工程的规模，又有科研的性质。工程一般有规范可循，设计根据手册；科研则无一定之规，需要灵活设计。国际科研水平不断发展，说不定北京正负电子对撞机建成之日，就是改进之时。世界上高能加速器不多，但各国的具体设计却都有所不同，有的使用很大的安全系数，不计工本，以保证一次成功；有的使用临界设计，发展留有余地。谢家麟根据几十年"种麦子""磨利剑"所取得的经验，提出了设计北京正负电子对撞机的六条指导方略：

（1）保证高亮度为首要考虑；

（2）采用经过考验的先进技术；

（3）强调简单、可靠；

（4）采用能达到性能指标的最经济的技术路线；

（5）保留以后改进的余地；

（6）保留一机多用的可能。

看起来似乎并非惊人之语，但都有着十分强的针对性，这些原则的提出，对明确目标，统一各个系统的口径，协调匹配起到了极为关键的作用，是谢家麟博采众长、深思熟虑的智慧结晶。从1981年开始，北京正负电子对撞机的研制就从软件推进到硬件，在注入器、储存环、探测器方面，分别选定了一批预制项目，对技术关键系统与部件开始进行预制研究。正式进入北京正负电子对撞机工程研制之后，谢家麟所有的积淀得到了一次总的喷发。

北京正负电子对撞机工程总设计师谢家麟，用他多年积累的知识经验，完美地为祖国交上了答卷，他不负众望，在对撞机的设计上立下了重大功劳。1990年，国家为北京正负电子对撞机建造的主要人员颁发科技进步奖特等奖时，谢家麟被排在第一位。

雄鸡唱晓，梦想成真，他感到无比荣幸。

九、道　歉

他是一个看起来性情温和但却风骨铮铮的人。

在北京正负电子对撞机工程建造的四年间，他担任中科院高能所所长，首当其责，但在我采访他时，他谈的却全都是别人。事先我还注意到，他写过很多文章，还编辑过很多书，主要都是介绍物理界，包括高能物理所的由来与发展，还有一批批物理学家。他却从没有为自己写书。

他就是叶铭汉。

当中科院1984年任命由叶铭汉担任高能所所长时，叶铭汉似乎只是一位温文尔雅又性情率真的知识分子。

他1925年出生于上海，祖父是前清举人，父亲是一名职员，母亲是大家闺秀，叔父叶企孙则是我国第一代著名物理学家、教育家，一代宗师，不仅在物理学上取得重要研究成果，还创建了清华大学物理系和理学院，建设了北京大学物理系磁学研究室，培养了一大批中国最为优秀的物理学家，是中国物理学会的创始人之一。叶铭汉出生于书香世家，家风节俭勤勉，不事奢华。我跟老人的谈话由远到近，先聊到他儿时的生活，老人浅笑道："我们家兄弟姐妹七个，小时候都是家里有什么吃什么，吃得很简单，不像现在的妈妈，总要问孩子你要吃什么？我母亲从来没问过这个。"

"筷子头上出逆子。"他若有所思地说，他说他的母亲常说这句话。

老人带着明显的上海口音，吐词清晰："我小时候成绩不好的，算术不及格，那时候算术老师也讲不清楚，使得同学们对算术都很害怕，没兴趣。我的成绩慢慢升上去，是从初中二年级才开始的。现在的人都说什么不要输在起跑线上，其实没有这个道理的。因为每个人的智力发展都不一样，有的快，有的慢。"边听老人的话，我边点头，对此我深有同感，学校一分重点非重点、快慢班，好多孩子就被抛在一边了。其中有的孩子可能是一个天才，只是潜质还没来得及发挥，刚冒的芽就被掐掉了，或者就自生自灭凋谢了。真可惜。

叶先生的父母十分开通，对孩子们的鼓励多于惩罚，开放多于封闭。叶先生打小就崇拜叔父叶企孙，念完高中二年级，叔父叫他到内地去，他离开上海，长途跋涉到了重庆，在那里高中毕业。1944年夏，从重庆考进昆明西南联大土木系。1945年夏，李政道从浙江大学转到西南联大物理系，两人相识。1946年5月4日，西南联大解散，李政道出国，叶铭汉转入清华大学物理系。1949年大学毕业，他考入清华大学研究院读硕士，导师是钱三强。硕士研究生第一年有三门课程——核物理、量子力学和电动力学。钱先生教核物理。

1950年7月。钱先生把他叫到跟前，不无欣慰地说："你的核物理考试成绩出来了，很好。"导师话锋一转，言词殷切地说："我们要做加速器，现在国家也决定了，不在大学里做。在中国科学院研制。你如果想搞加速器，就得离开清华大学，到中国科学院。"叶铭汉听了，马上回答，我就去中科院近代物理研究所。钱先生听了很高兴，他说，我通知人事部门，给你办理手续。叶铭汉就从清华大学到了中科院近代物理研究所。

每月工资400斤小米。但随行就市，按市场价格浮动。年轻人很高兴，400斤小米要折换钱的话，大概40块钱，可以买好多东西，做一套棉衣大概是9块钱，但一套衣服要穿好多年呢。做学问的单身汉，生活上简朴得很，衣服两件，有换洗的就够了，鞋呢，一年一双，没有穿破底就接着穿。大家都这样子，物质上的享受看得很淡。那会儿年轻人都爱锻炼身体，5点下班以后，就围着大楼跑步，吃完饭后更加活跃，打篮球、排球，那时候打9个人的排球，位置是固定的。还打一种克朗棋，木头的，两种颜色，棋子弹出来互相撞，新中国刚成立时非常流行。

刚到近代物理研究所时，叶铭汉参加王淦昌、肖健领导的宇宙线研究组。1951年，赵忠尧先生回国，开始中国第一台带电粒子加速器——700千电子伏静电加速器的研制。1954年，近代物理研究所改名为物理研究所，迁到中关村，年轻的叶铭汉负责加速器的搬迁、重新运行和改进工作。1957年，他又参加了第二台加速器——2.5兆电子伏静电加速器的研制，担任副组长，一直到这台加速器的质子束通过静电分析器，初步建成。

他说他是幸运的。"反右"开始前，人家拉他去看"大字报"，他说不行，他在做实验，问题解决不了，不出去看。去看"大字报"的人，有的回来散布一些言论，成了右派。他说："实际上，我的思想跟右派是有点相近的。"

1958年之后，物理研究所又改名为原子能研究所。他在2.5兆电子伏静电加速器上进行 ^{23}Na（P，α）反应来研究 ^{24}Mg 的能级，测出 ^{24}Mg 的一条在当时国际上实验中尚未测出的能级。"文革"一开始，叶铭汉被当作反革命分子揪出来批判。

我问到当时的情形。叶先生说，当时做物理实验，想研究锂原子核跟质子碰撞的反应，但是没有钱购置实验设备，就没能做。年终总结时，叶铭汉讲了一句笑话，说没有完成也好，明年还可以蹭点经费。这话被人打了小报告，说他想故意破坏。叶铭汉开始很气愤，心想我这个人怎么越来越差，都成反革命了，还不如死了算了。可后来一想，不能死，一死妻子和女儿怎么办？想想就顶住了，后来心里越来越不害怕，"那么多人都是，又不是我一个。"他说。

老人爱夹叙夹议，从物理的话题说到其他，他说，"文化大革命"是中国历史上对文化的大破坏，对人的思想的大破坏。

他说，中国现在最大的问题是树立道德。他对制假药、贪污腐败深恶痛绝，举了好些例子。

叶先生谈话如行云流水，或近或远，都会透出一种举重若轻的平静。说到他当所长的那几年，正是对撞机建造最关键的几年，他却把功劳都给了别人，说："所长比较好当，一是因为上面有领导，有谷羽、张百发他们，很多问题帮你解决，也用不着我去弄钱。外面加工联系主要由林宗棠负责，他知道哪个厂有技术能力，会加工。我们做专业的，就负责技术问题。"他一再强调："我很幸运，天时、地利、人和，改革开放了，邓小平同志支持，李政道考虑问题细致，还有我们的常务副所长张厚英非常能干、任劳任怨，我完全信任他的。他说我放权放得很厉害，他管得比我好，我当然要放权。有很多事情我处理不好，尤其是人事，他处理得很好，没有他，我们的工作也是很难进行的。所以，我算运气好。"

他还特别提到了当年几位领导，说谷羽同志的领导小组起了很大作用。"成员中有一位是张百发，土建方面只要有问题，我们就找张百发。"

当时国家水泥产量很少，不像现在产能过剩，往往一下子水泥就断供了，但国家给了政策，水泥的供应先要确保对撞机工程。还有大吊车，现在吊车到处都是，当时全北京只有3台，张百发都给调来了，调到了北京正负电子对撞机工程的工地上。还有，从外地加工好的部件要运来，要有车皮，如果排队，一排就得几个月。谷羽组织了好几个部的副部长，每月开一次会，需要什么解决什么，车皮也就不成问题了。一开始，人家问刚当所长的叶铭汉能不能按时完成计划，他说就70%的信心，为什么？器材问题不敢保证，还有加工、运输，他都无法保证。但后来发现，有了谷羽和张百发他们，这些问题都得到了解决。

他说："当时大家有一股子劲，经过多年的积累，很多人都是20世纪60年代初的大学毕业生，都已经有了20多年工作经验，水平很高。当所长的，就是发挥他们的积极性，大家一心来搞工作。"

其实他本人就是那些具有了几十年经验的科学家的代表。

1974年刚成立不久的中科院高能所从中关村迁到玉泉路，以研制高能加速器和准备高能物理实验为工作重点，叶铭汉担任物理一室的大组长，进行多丝正比室等高能粒子探测器的研制。1979年底，叶铭汉作为访问学者到美国普林斯顿大学（Princeton University）工作，参加 $\pi P \rightarrow \gamma X$ 实验，寻找 η_c 粒子；后来又去犹他大学（The University of Utah）作为访问教授，参加宇宙线实验；1982年，叶铭汉参加北京正负电子对撞机总体设计考察组，到美国斯坦福直线加速器中心考察，讨论对撞机和北京谱仪（BES）的总体设计方案。从那时起，他开始主持北京谱仪的设计和预制研究、工程设计、部件加工。1987年部件测试和分系统组装，然后是整体组装和测试，1988年10月测得宇宙线径迹，北京谱仪顺利建成。1989年3月安装到北京正负电子对撞机的对撞点，开始物理实验工作。

也就是说，叶铭汉在担任中科院高能所所长期间，领导全所投入到北京正负电子对撞机和北京谱仪的研制中，具体分工是谢家麟、方守贤负责对撞机，而他主要负责北京谱仪。

在此期间，除了上述工作，叶铭汉还参加了由彭桓武领导的中科院1986—2000年规划物理专题组，负责编写核物理的现状及其展望，供中科院规划攻关办公室参考。另有一项成果不能不提：叶铭汉和何祚庥、郑志鹏、祝玉灿等合作，指导博士生游科进行^{48}Ca双β衰变实验，测得^{48}Ca无中微子的双β衰变的寿命下限为9.5×10^{21}年。

比吴健雄教授测出的结果高出约4.7倍。

就是这样一位科学家，叶企孙的侄子，李政道的同学，钱三强的弟子，说到国家民族时激情满怀，而当别人提起他自己的成果时却云淡风轻。从他担任所长到BEPC工程顺利完工，他的作为仿佛都在无形之中，或许正是这种无形，使得他关注到四面八方，和风细雨，润物无声。

当时合作加工的工厂挑的是最好的，遍布全国，包括西安、成都、贵州、广东、上海等地。在贵州遵义附近有家三线厂，本是做导弹的，对撞机工程在他们那里加工漂移室的一块端板，干着干着竟然有了矛盾。因为有一个报道说他们工作进度慢，引起了上面批评，这厂里觉得很冤枉，说本来是为了质量，就很不乐意了。

叶铭汉听说之后，经过一番了解，觉得人家说得有道理，便决定亲自去一趟遵义，要去给人家道歉。

工厂本来有情绪，但见这么重要的科学家跋山涉水亲自上门来了，口口声声表示感谢，并且居然还说道歉，不禁深受感动，连忙表态说自己的工作没做好，一定要保证质量，保证进度，绝对不能拖工程的后腿。

真诚换来信任。

叶铭汉就是这样当所长的。

十、乐队指挥

摩拳擦掌了多少年，但对撞机工程即将启动的前夕，方守贤却远在西欧。

老所长张文裕认定，必须把方守贤赶紧给召回来，于是给他写了一封亲笔信。身在他乡的方守贤接到老所长的信，激动得当即提笔回复，写道："建造高能加速器是我国几代科学家梦寐以求的项目，也是我一生的追求，是千年难逢的机遇。"他决定马上结束手头的工作，迅速回国参加北京正负电子对撞机的建造。

与他同在国外的还有几位中国科学家，却对国内搞加速器没有信心，认为根本没有可能，那么既然搞不出来，回去干嘛？就劝方守贤不要做回去的打算，留在西欧工作，条件相当不错，工资比国内高了好几倍，生活待遇要好很多。

但他们不懂得，对于方守贤多年的梦想来说，这些待遇都算不得什么。老所长的信任让他心绪难平，他很快处理好相应事务，启程赶回国内。

那是1983年，方守贤回国后，立即被任命为北京正负电子对撞机工程副经理，负责加速器储存环的理论设计，并协助谢家麟经理工作。

当时的管理体制为工程经理制。1986年5月，方守贤又被委以经理（兼高能所副所长）的重任，负责领导BEPC工程。他明白自己的长处是长期从事加速器物理研究及理论设计工作，有较好的数理基础和清晰的物理图像，且善于抓主要矛盾；不足之处则是从未领导过大型工程建设，知识面比较狭窄。那么，能否挑起这副重担呢？

他在事后的回忆中写道："要建成这项宏大系统工程，就好似一位乐队指挥在指挥雄伟的交响曲，既要充分发挥每个演奏者的精湛技巧，又要把整个团队活动协调到主旋律上。针对这种情况，在工程建设过程中，我经常提醒自己，要谦虚谨慎，认真听取各种建议，千万不可轻易否定反面意见，一旦发现自己有错，要勇于承认并及时修正。这样，既可发挥群体的积极性，也可减少决策的失误。"

为了加强工程管理，方守贤作为副经理，后来为经理，制定了相应的规章制度，并以身作则、严格执行。

比如，为保证工程进度，需要控制人员出国，这个问题曾对队伍的稳定形成严峻考验。正当北京正负电子对撞机工程开工之际，西德高能加速器（HERA）工程也开始建造，他们那里缺少人手，希望中科院高能所派二十多名技术骨干去帮助他们建设，德方将为其提供优厚的生活待遇和报酬。一些年轻人听说之后，心里痒痒的，方守贤果断地决定，一个也不派！有些人不太理解，方守贤说："一去二十多个，那咱们的队伍就垮了，我们盼了多少年的对撞机还搞不搞？"

为了让队伍稳定，老方在整个工程期间，谢绝了很多出国访问、交流的机会，不是工程必需的一概不去。

"人生能有几回搏"？

方守贤太珍惜来之不易的工程了。他以身作则，带头拼搏来鼓励大家，他夜以继日地守在现场，丝毫不敢怠慢，经常住在办公室，以便工地一旦发生情况，立刻就能赶到现场。艰苦的生活、繁重的工作，使得身高一米八的方守贤，当时体重却只有56公斤。

可以想象，瘦得就像根钓鱼竿。

虽然辛苦，但他乐在其中。1964年，他接受了一项硬任务。因苏联终止援助，从苏联运到原子能所的一台180度电磁分离器只有分散的磁铁部件，没有附上任何设计说明和图纸，苏联人想使它成为一堆废铜烂铁，这迫使原子能所组织力量，要在没有苏联专家指导的情况下，弄清其所以然。为此，所里成立了以方守贤为首的突击小组，成员包括孙庆仁、魏开煜、茅乃丰和吕洪犹，要求从理论上彻底搞清其设计根据。在一无经验、二无资料的条件下，他们不仅弄懂了其设计原理，还对其磁场进行了分析，并在此基础上提出对原磁铁垫补进行改进的方案。后来，建成的电磁分离器，其分离度从原设计的99.9% 提高到99.99%。这是一份令他感到自豪的、理论结合实际的成功之作。

关于加速器的发展，他一直认为，基于我国国情和经济实力，不可能建造太多像发达国家那样的大型加速器，而应建造小型且实用的加速器，这时那种大型加速器的设计原则、思路和方法都不一定适合，因此，必须开创新的思路来进行设计和研制。在实际工作中，这种新思路确实获得了好多成果。1982年，钱三强先生推荐方守贤去欧洲核子研究组织参加反质子组积累环的设计，任务难度极高，不但要求能积累特大动量散度和特大发射度的反质子流，而且为节约基建投资，还希望能将该环镶嵌在原有的弱流反质子环与大厅围墙之间的狭小空间内，这使环的形状和聚焦结构布局的选择受到了极大的限制。经过仔细研究，方守贤认为反质子环的周长只有200多米，属于小环。便针对小环的特点，在设计中采用两项创新措施：一是跳出通常大型储存环采用的保持严格周期的聚焦思路，引入准周期节的思路，从而增加了可选择的参数，使设计变得更为灵活；其二是发展了一套适合于中小型环形加速器消色散的特别方法，而且，在寻找多维空间极值时，不光依靠计算机程序，还要结合物理图像来判断下一步的走向。经过半年多的日夜奋战，利用这种非常规的方法，他终于找到了一个能全部满足上述边界条件的解，被欧洲核子研究组织采纳，人们对他刮目相看。

在国内，加速器物理组在陈森玉的带领下，分析了世界上主要的正负电子对撞机的磁聚焦结构，结合我国的具体情况，从1981年9月开始进行理论设计。那时候的工作条件还很差，用来做设计计算的计算机，是一台国产的分立元件计算机，采用纸带输入程序和数据，没有远程操作和分时功能，同一时间只能有一个用户在计算机机房工作。当时还是"小青年"的吴英志、陈思育、国智元、陈利民、黄楠、梁岫如、张闯和王林林等物理组的成员，经常深夜一两点钟还在计算机房工作。晚上计算结果出来后，白天上班分析讨论。没有节假日。

经过半年多的艰辛计算研究，物理组先后设计出四个备选方案，还给它们起了很有意思的名称，分别为大（1）、大（2）、小（1）、小（2）。大（1）、大（2）是两个大环方案，能量为2.2—5.7吉电子伏；小（1）、小（2）是两个小环方案，能量为2.8吉电子伏。

由谢家麟带队的代表团于1982年6月赴美国SLAC听取国外专家对北京正负电子对撞机储存环磁聚焦结构方案的评价意见。我们的方案亮度远比SLAC专家的方案亮度高，这引起了国外一些专家很多质疑。然而，经过讨论之后，那些外国专家承认中国的方案布局更加合理，且发射度大，亮度会高于他们的方案。陈森玉又根据专家们的一些建议，带领物理组进行局部修改，形成了北京正负电子对撞机聚焦结构的第一版本。

1983年，方守贤回国后，会同中科院高能所的其他相关同志，在第一版本的基础上，加入同步辐射应用的一些要求，进一步完善方案，得出最后的设计方案。BEPC调束和运行后，在注入方式、工作点等方面又做了很多改变。

担任北京正负电子对撞机工程经理之后，方守贤除了抓管理，每当工程忙碌之余都在冷静思考。除了学习国外先进经验外，还考虑如何在吃透人家设计思想的基础上加以改造、创新，采用更新、更好的办法来解决实践中的困难问题，赶超世界水平。在具体的设计中，他大胆进行了两项创新：

其一，鉴于BEPC的周长较小，正好沿着以前他在欧洲核子研究组织工作时的思路，顺藤摸瓜，再行创造。他提出了用准周期聚焦结构"基体"代替大型对撞机中消色散区与弧区严格分开的传统布局，对BEPC聚焦结构加以改进，在环的周长不变的前提下，引入四个长直线节，为后来的同步辐射应用创造了条件。此外，他还改进六极子布局，使设计的动力学孔径大为扩大，改善了机器的整体性能。

其二，在BEPC运行的初期阶段，机器亮度难以达到预期的设计指标，主要原因是，在原设计中，用来校正横向运动耦合的斜四极子是参照大型对撞机而设计的，被安置在对撞点附近的长直线节中。而对于像BEPC这样的小环，应把斜四极子移到远离对撞点的注入点附近。方守贤作为工程经理，果断地做出了变更斜四极子位置的决定，从而使BEPC的亮度很快就达到并超过了原设计指标，在世界上同能区的对撞机中取得领先地位。

可是，正当他做出决定时，加速器物理组的同事发现用世界上公认最先进的、由欧洲核子研究组织提供的计算大型对撞机聚焦结构的设计程序（MAD6）求得的结果，与他的推导结果相差甚远。孰可信孰不可信?!

大家认为必须重新推导。方守贤用简明的数学方法判断出MAD6 程序在耦合运动的分程序块里有错误。后来，他询问了欧洲核子研究中心的有关科学家，回答果然是MAD6有错，欧洲核子研究组织主动把他们修正过的新版本MAD7寄了过来。

大喜过望。

就如生活才是创作的源泉，对于科学家来说，掌握物理图像极为重要，那是最原始的依据。

这证明了方守贤的观点：计算机虽是强有力的运算工具，但它的运算信息载体——程序，仍然是由人来编写的，人稍有疏忽就会导致程序错误。如果没有清晰的物理图像，一味盲目地相信计算机所得的结果，有时是很危险的。

在高能加速器的研制过程中，战斗一场接一场。方守贤作为经理，从加工到组装等各个环节，都严格监督，把问题发现在现场、解决在现场；还要求某些关键部件及分系统在进入隧道前，尽可能在实践中先进行长达1个月的整机连续试运行，以考验其主要指标及稳定性。

方守贤还将多年积累的经验悉心传授给青年科技人。

他带领大家一边干工程，一边学习，把自己从前在原子能所担任理论组组长期间，为了加强组员的基本功训练，与魏开煜、孙松岚等人翻译的《圆形加速器理论》拿出来给大家讲解。那是他在苏联访问学习时的导师考洛门斯基的一部经典著作，方守贤几人将其从俄文翻译成中文，供新来的科技人员用作学习加速器理论的教科书。

一批批年轻的科学家逐渐成长起来。方守贤的学生王九庆和秦庆是其中的代表，方老师给他俩压任务，让他们分别选择了BEPC上束流不稳定性和束—束相互作用这两个加速器物理的前沿课题。两个年轻人出色地完成了博士学位论文，成为BEPC运行、改进和BEPC Ⅱ 设计与建设的骨干，后来又分别担任了高能所副所长，助力带领加速器团队奔向一个又一个新目标。

当时人们都说，老方这个经理当得全面，真像个乐队指挥。

十一、两只老母鸡

1986年，方守贤接任谢家麟成为北京正负电子对撞机工程经理。不久，中科院又下文，成立"北京正负电子对撞机工程指挥部"，方守贤任总指挥，工程指挥部核心小组成员还有：陈森玉、叶铭汉、张厚英、王迪、章炎、徐绍旺、石寅生、王恒久等。工程指挥部下设工程办，主任王津，副主任王殿臣，党支部书记奚基伟。

他们一个个都是科技兼管理人才。

受到信任，挑此重担，这些报国有心、科学有梦的科学家们半点也不敢怠慢所肩负的责任。从总指挥方守贤做起，公私分明，风清气正，一心扑在工程上。负责偌大一个工程，经手成万上亿的钱，但方守贤却常常出门办事都是坐公交车，遇到私事更是从来没有用过一次公车。

1986年，正是工程紧张的时刻，方守贤的妻子突然生病住院，方守贤每天早晚挤时间赶到医院去照看，来去都是公交车。

有一天晚上，他从医院看望妻子出来，又急着赶回对撞机工地，还要到所里加班。心里一着急，为了追赶一辆即将进站的公共汽车，他连奔带跑，本来就是一近视眼，看什么都是模模糊糊的，夜色朦胧中，他一头撞在一根斜撑在人行道边上拉电线杆的钢丝上。

眼前顿时一黑，他昏倒在了地上。

他奔跑的速度太快了，那钢丝像一道利刃划开了他的头，血流如注。幸亏在他不省人事的时候，两位解放军战士刚好路过出手相救，急忙将他送到医院，一番抢救之后他才苏醒过来。

好在只是头部受了外伤，缝了好几针，有惊无险。伤好之后，所里的老同事幽默地说："对撞机还未对撞，你老方的头却先与地球对撞了！"

谷羽他们听说之后，连忙赶到医院去探望，说："老方啊老方，你夫人住医院，为什么都不告诉我们呢？"从那以后，谷羽提出要给老方安排车，方守贤却说："这是我个人的私事，这公车不能用。办公事的时候要是赶时间，再用公车吧。"

他也开了个玩笑："不管我的头撞不撞，对撞机一定要撞起来。"

当然，不光方守贤在拼命干，所有参与工程建设的人都是白天黑夜陪着机器转。正是这样，才大大缩短了BEPC的工期。许多工作人员在停机后剂量率偏高的情况下，轮流进入直线加速器的隧道里，迅速找到了"打火"的地方，如果靠一般仪器，半个月也找不到。

谁也没有觉得收入低，哪怕在日夜辛劳。当时即便是负有相当责任的经理、副经理、所长、副所长，每月的工资也都不过一百多元。工程资金管理严格，专款专用，不能用来发奖金。后来有一次，国务院给北京对撞机工程特批了6万元慰问金，平均每人每月15元，伙房大师傅一算，刚好够买两只老母鸡，大家都乐了。

大家心里很知足。

那时人们想的是，国家还很穷，工程那么大，得花多少钱？省一分是一分，省一毛是一毛，好钢用在刀刃上，只要能把对撞机建起来，就算办了大事，心里就高兴。

1984年初，为了突击完成扩大初步设计，给参加技术设备设计的人员每人每月发放30—40元的补贴。整个设计两个月顺利完成，用的奖金总数只有3000元。

1987年，中科院高能所给BEPC科技人员颁发了一次奖金，最高奖40元，二等奖30元，一般性的奖金是10元钱，还有5元的。正是快到春节的时候，有人拿着那点奖金到西单商场办年货，转了一圈空着两手回来了。问怎么回事？说还是回到玉泉路一带的小商场买点什么得了，那边商场太大，几十块钱，都不知道该买什么好。

采访方守贤那天，他想起来，找出一张发奖金的表格，上面正是写着最高奖40元，最低5元，油印的，字迹都快模糊了。他将那张表交给办公室一位年轻人，说这东西值得好好存着，看看那个年代大家是怎么干活的。

土建设计人员集中设计的时候，每人每天给予1.90元的饭费补贴，大家就觉得太富足了。后来老加班，一加就到深更半夜，夜餐是两袋方便面，有的年轻人想在里边加个鸡蛋，但对不起，这钱就得自己掏了。看看经理们，都人过中年了，跟大家一起干到半夜，也就是一碗方便面。

所长叶铭汉，经理谢家麟、方守贤，还有协助经理对工程的技术、质量、进度和投资全面负责的陈森玉几位，碰头常说的话少不了一句，"对撞机钱少，大家省着点花"。

虽然跟外地合作的单位来往多，但谁都从来没有掏公家的钱请过客。办公室来了客人，喝水连茶叶都没有，清一色白开水。

人家也都习惯了，但当主人的心里总还是过意不去，后来还是老方想了个办法，总有人出国，回来都得给所里交一点钱，他就跟叶所长几位商量，从这个钱里拿出点儿来，买一两斤茶叶。人家外地合作单位出了大力，来到北京，总要请人喝杯茶吧。

这话也在理，于是总算有了茉莉花茶，价格不贵，但味道很香，端到客人们面前，清茶一杯也醉人。

第三章

Chapter Three

一、君子之交

李政道和潘诺夫斯基被聘为北京正负电子对撞机工程的科学顾问。

这两位奔忙于美国和中国之间，尤其是李政道，放下了他个人的一些研究，几乎是全身心地投入到北京正负电子对撞机的建造之中。他定期回国了解工程的进展情况，和工程领导小组以及中科院高能所的工程建设人员座谈讨论，研究解决各式各样的问题，参加历届中美高能物理联合委员会的会议。他充分理解北京正负电子对撞机建设的多方面重大意义，同时它还是一个难得的机会，通过它可以培养出中国自己的新一代的高科技人才和领导者。

这两位操心操得很细。

最初，作为中国高能加速器建造的顾问，潘诺夫斯基教授给谷羽和李政道写了一份报告，里面谈到了高能加速器工程领导的问题。他的意见是，工程领导要有线条清晰的领导机制，这样可以明确责任和权力，工程才能顺利进行。李政道认为他的意见很正确，于是极力促成，并在领导机制上也出了很多主意，同时还认为，激励机制的建立也是非常重要的。潘诺夫斯基顾问也说，按照美国他主持的斯坦福直线加速器中心的做法，奖励的水平与当地工业企业的水平相当。

他们把这些建议报告给了工程领导小组谷羽他们，谷羽同意，又一层层往上报，后来决定给予所有参加工程的工作人员，从所长到技术员，一律每人每月15元人民币的奖金，相当于当时刚毕业的大学生工资的四分之一，就是前面提到的"两只老母鸡"。

为了北京谱仪的研制及日后的工作，李政道帮助组织了北京正负电子对撞机物理讨论会，邀请了19位国外专家、100多位国内专家参加，深入讨论探测器的有关问题，对日后探测器的工作起到了关键的作用。

李政道做的事数不过来。人们早已从他的言行中，感受到他对祖国无穷的热爱和奉献。他每次回国都会给国内的同行们带来一些宝贵的资料，第一次回来时就特地在美国买了一台最新技术的计算器和两块集成电路，送给国内的物理学家。甚至还动员妻子将岳父秦梦九遗留下的22件珍贵文物全都捐赠给了国家，其中那座辽代宣刻花鱼瓶精美绝伦，为稀世珍宝。只要祖国需要，他愿意倾其所能，倾其所有。

他每次到北京，谷羽和领导小组的其他几位成员都会虚心向他请教，认真听取他的意见，来往十分密切。而李政道和潘诺夫斯基总会及时帮助解决拦路的技术难关，提出如何及时开展下一步工作，与北京正负电子对撞机的建设步步相随。谷羽一一看在眼里，心中早已深为感动。

1985年，谷羽得到了一次重大奖励。这位几十年为科学进步而辛勤工作的女性，获得了我国国防科学技术重大贡献的崇高奖，从人民大会堂捧回了一尊小金马。这奖和小金马在谷羽心里沉甸甸的，她十分珍爱，因为这里面浸透了她大半生的努力。人们纷纷向她表示祝贺，谷羽也对小金马爱不释手。

但有一天，谷羽将那尊小金马带到了中科院高能所，张百发几位见了，都说好，这造型，马踏飞燕，漂亮。却听谷羽说，她准备将这尊小金马送给李政道先生。

"李先生付出的心血太多了。"

她说，即使说任何感谢的话也不足以表达对李先生的敬意，她只有将这尊代表她最高荣誉的小金马，转赠给李先生，聊表谢意。

张百发几位听了，半晌不知说什么好。他们懂得这尊小金马在老大姐心中的分量，可以说是她几十年奋斗、热爱科学、献身科学的证明，但她却要送给李政道先生，可见她对李先生的敬重。他们只有怀着深深的敬意，看着这位老大姐。

当日晚餐时，大家与来到北京的李政道围坐一桌，谷羽捧出那尊小金马，送到李政道先生面前。

　　"政道先生，这几年您为北京正负电子对撞机的建设，为中国科技和教育事业的发展，不辞劳苦，我和我的同事们由衷地感谢您，为了表达我们的心意，我把这尊'马踏飞燕'送给您，留个纪念。希望我们的工程像这匹金马一样快速前进，早日建成。"

　　李政道吃惊地站了起来，连声说："谷羽先生，这怎么敢当？"他一直称谷羽为先生。

　　得知小金马的来历之后，李政道更是感动，说："这尊记载着谷羽先生历史功绩的珍贵纪念品，我真是不敢接受的，但我理解您对我的殷切期望。我暂时收存它，等到对撞机工程竣工时，我将完璧归京，将它奉献给北京正负电子对撞机国家实验室。"

　　大家听罢，都不禁会心地大笑。

　　君子之交，相互间多少敬重和理解，都在这笑声里了。

二、中国创造

中国人非常聪明，这点是肯定的。邓小平如是说。

关于对撞机建造的议题，自从邓小平复出之后，就不止一次地提到了他面前。这位留过学、打过仗、管过经济的政治家，以他的方式直截了当地指示：我们就是要把世界先进的研究成果拿过来，把世界先进的东西作为我们的起点，这就要引进技术，这样快些，水平能比较快地提高，现在国外对我们比较开放，要抓住这时机。同时他又强调：要培养我们自己的人，主要还是靠我们自己搞，别人只是帮助。独立自主、自力更生，无论过去、现在都是我们的立足点。

谷羽参加过"两弹一星"的具体领导，林宗棠作为总工程师，在上海亲自研制过万吨水压机，张百发参与过人民大会堂的建设，这几位深知"自力更生"的意义。工程领导小组根据中央的指示，定下的方针是：充分借鉴国外先进技术，但除计算机等少数我国当时无力研制，以及用量很少、不值得花人力物力去研制的设备、部件和材料外，其他大部分都主要靠自己的力量，按照现有机器的特点设计、研制。

大家称之为：改革开放下的自力更生。

中国人就是聪明。

于是，北京正负电子对撞机工程一共签订了111项协议，其中机械工业部44项，电子工业部34项，核工业部9项，中科院11项，其他部、院13项。都要求在1986年前必须完成，并且要求各个厂家不能在这项目上考虑挣什么大钱，必须保质保量保时间。

参加建设的科研人员和干部数以万计。因为涉及高功率微波、高性能磁铁、高稳定电源、高精密机械、超高真空、束流测量、自动控制、粒子探测、快电子学、数据在线获取和离线处理等高技术，其设计指标几乎都是当时技术的极限。中科院高能所和全国数百家工厂、研究所、高等院校、建筑公司的科研人员、干部、工人大力协同，在充分吸收、消化国外先进技术的同时，依靠自己的力量攻坚克难，一步步向前进展。

对撞机，一个由成千上万设备组成的复杂系统，任何一个环节的问题都将影响整个系统。由此，每一个部件、设备的质量都至关重要。工程领导小组一开始就对各部件、设备的制造，从材料、加工工艺到安装每一步的质量提出了十分严格的要求。每一道工艺都严格按工艺规范检验，不合格的，不准进入下一道工艺，更坚决不准出厂。同时派科研人员和设计人员驻厂，同工厂的技术人员、工人一起解决影响质量的问题，并进行质量监督。

"把拼搏精神用在确保质量上！"

"在质量与进度的关系上，必须坚持质量第一！"

"宁肯推迟进度，也要保证质量！"

这些铿锵有力的口号，给人以震撼，给人以提醒！从工厂到每个工人，从研究所到每位科研人员，谁也不敢有半点马虎。

年轻小伙子刘捷从那会儿开始就担任了中科院高能所的摄影师，他拍下了当年一个个精彩的瞬间。在一本大型画册里，我见到了他，还有当时新华社、人民日报等媒体记者拍下的那些珍贵图像，每张图片下面都配有说明文字，再现了当年自主创业的真实情景：

★工地夜景——通明的灯火伴随着轰隆的吊车声，对撞机工程主体在不断升高。

★精雕细刻——高能物理研究所工厂的老师傅在加工加速管。

★用"土"设备，经过千辛万苦的努力，第一节加速管终于如期研制出来了。

★从原材料质量抓起，决不放过每一个细微之处，武钢领导认真检测矽钢片的质量。

★火红的年代——武汉钢铁厂为对撞机工程冶炼矽钢片。

★洛阳铜加工厂克服重重困难为工程生产了大量的优质铜材。

★分毫不差的加工——北京大华无线电仪器厂的工人在精密测量加工的零件。

★一丝不苟——北京变压器厂的工人认真地为工程加工零部件。

★北京有色金属研究院在为工程研制有色金属部件。

★每块磁铁由几千片0.5毫米的矽钢片叠加起来，精度要求达到0.05毫米，难度很大。宋平同志在现场和科技人员一起研究磁铁研制中的问题。

★谢家麟教授十分喜悦地为我国自行研制的对撞机第一块聚焦磁铁钉上"中国制造"的标牌。

★上海先锋厂为对撞机工程研制的偏转磁铁在进行精密加工。

★仔细又仔细——中国科学院北京科学仪器厂工人在组装工程的超高真空泵。

★不放过任何一个疑点——上海华通电器开关厂科技人员对工程的电器设备认真检测。

★谷羽同志在高能物理研究所工厂和科技人员、工人一起研究高频腔研制中的问题。

★林宗棠同志在车间和技术人员一起研究部件的质量问题。

★谷羽、周光召、张百发同志和各部门同志一起协调工程建设的进度。

★出大力流大汗——北京广播器材厂工人在为工程安装高频电源。

★北京第二开关厂为工程生产的电源柜准备出厂。

★上海真空泵厂对超高真空泵进行联调。

★上海阀门二厂的工人对超高真空阀进行检漏测试。

★弧光闪耀——高能物理研究所的工人在隧道中焊接储存环的接口法兰盘。

★挥汗如雨——北京空调机厂对工程的设备进行安装。

★天津新河造船厂研制的谱仪轭铁在安装中。

★中国科学院等离子体物理研究所为工程加工磁铁。

★龙门刨下出精品——天津新河造船厂为工程加工谱仪轭铁。

★贵州风华机器厂为谱仪加工精度仅为头发丝几分之一的主漂移室端盖。

★谱仪轭铁在天津新河造船厂进行试装。

★贵州风华机器厂克服重重困难，按计划进度完成了精度极高的谱仪主漂移室外壳的加工。

★人民子弟兵参加谱仪部件的组装。

★中国科学院安徽光学机械研究所的科研人员在研制谱仪中心漂移室。

★上海飞机制造厂的工人正在组装簇射计数器。

★一切为了确保精度——上海飞机制造厂大批技术工人克服了各种困难，长期在北京精心安装谱仪簇射计数器。

……

这只是摘取了部分瞬间。那些真实的画面记载着中国人的创造；一行行文字里包含了无数人夜以继日的拼搏。它们今天不仅在画册里，也在每个参与者的心里，它们不时从往日闪回，让我们为之振奋，为之自豪。

那天，我去采访现任中科院高能所党委书记潘卫民时，他谈到了他的同事兼老师——秦玖。

在对撞机建造最为关键的时期，工程需要采用的核心设备——高频加速腔，在国内缺少技术积累，科研人员通过国际合作，在引进国外技术的同时，发挥主导作用，研制了出来。秦玖就是BEPC高频腔的设计者，一位女科学家。

秦老师没早没晚地守在车间里，常常顾不了家，也顾不了孩子，她跟工人们一起商量，轻声细语，一会儿又扎在资料堆里，琢磨来琢磨去。不知经过了多少个回合，终于把高频腔给做出来了。

她那个高兴劲儿啊。

如今回想起当年秦老师拼命三郎的样子，潘卫民的眼神又随之充满了由衷的敬佩和笑意，那是一个火红的年代。

可后来秦老师走了，因为操劳辛苦，她的身体出了毛病，在不该走的年龄就走了。那个曾为对撞机喷发能量的高频腔也已经光荣退役，被安置在高能所大院6号厅前。采访完潘卫民，我说想去看看，潘先生便领着我走出办公楼，到了6号厅跟前。

只见楼侧的一片草地上，耸立着那台浅黄和蓝色相间的装置,外面罩着一个玻璃盒,比人还要高,前面立了一块方正的石碑,刻着介绍的文字。那些天刚下过一场大雪,碑上覆盖着一层厚厚的雪,遮住了碑上的字,潘卫民伏下身去,伸手想抹去那些冰冷的雪花。他抹了一把,又一把,但石头上结着冰,他的手都冻红了,也没擦出清晰的字迹来。

又过了些天,我再次来到高能所,正好赶上一个阳光灿烂的日子,于是径直走到6号楼前,那石碑上的文字一下子映入眼帘:

BEPC高频加速腔

BEPC高频加速腔是北京正负电子对撞机的核心部件之一,工作时内部高达200兆赫兹.500千瓦的高频电场,用来加速正、负电子,并为束流提供几十瓦的功率补充,于1988年建成,2005年退役。BEPC获得国家科技进步特等奖。

我独自肃然站立,不由默默地向这块小小的石碑,石碑后的高频腔,以及那位设计高频腔的优秀女性,低头致意。

眼前的这台装置就像一个威严的、具有生命的钢铁勇士,在经历过无数电火考验之后,巍然于此,它来自那位女科学家的心血,来自中国人的创造和价值。中科院高能所的科学家心惜不已,对它用了一个词:"退役"。

是的,它光荣服役过,它是有生命的。

三、这是我们的幸运

　　一个女子一瘸一拐地走在一道山沟的厂区里，已经好多天了。对撞机建造与数百家外地企业合作，精度要求非常高。技术上的问题电话里说不清，必须得有人盯在现场，与那里的技术员、工人一起干。这位女子就是从中科院高能所来的驻厂人员张玲，她在家里摔伤了腿，但这边需要，还是二话不说就来了。

　　驻厂很辛苦，那些工厂大多是"三线"厂，分散在全国各地一些深山沟甚至大山洞里，条件十分艰苦。从高能所和所属工厂抽调去的驻厂人员，不分男女，一去就是好多天，家里的事都不得不撇下，蹲在人家车间里，不分白天黑夜，有时候，晚上12点还在加工。为的是把好质量关。

　　高能所的马基茂与周杰直接负责主漂移室主体在工厂的加工与装配，近两年间里曾七下遵义，先后去到那里的3531厂。贵州相距北京两千千米之遥。马基茂后来在他的自传里风趣地写道："1985年秋天的首次遵义之行，那是为调研谈判。我同老周先坐火车到贵阳,用去一天一夜的时间。在站台上直接换过路火车,车厢内极为拥挤,根本没有座位,只好站在车门口。沿途小站上下车的人也多,且往往肩挑手提许多东西,把空间填满。我们有时脚下几无'立锥'之地,甚至头也必须歪着,让人有'受刑'之感。火车走得慢,150千米的路跑了三个多小时。到遵义下火车又立马乘坐开往绥阳的长途公共汽车,3531厂站接近终点。行车全程多是山路,不断上下盘旋,直线不足30千米又跑了两个小时。我晕车的毛病开始显现。到达工厂招待所人已极度疲劳。"

现在读来,这些描写可以作为贵州交通史的一个佐证。

3531厂不像普通的工厂,仅厂部有些集中的建筑物,车间分布在山区各处,道路高低不平。但这个厂原是"上海长江机器厂",20世纪70年代整体搬迁至遵义,保持了上海老工业基地的优良传统,技术人员与工人素质高。

主漂移室端板加工精度要求一点都不能含糊,马基茂他们看了3531厂"东方红系列"小型导弹产品,看到这些精密的军工产品,心里对主漂移室主体的加工质量有了信心。还有一个新的收获,由于主漂移室与导弹都是空心薄壳结构,双方协议把导弹结构计算方法用于主漂移室,弥补周杰原设计仅简单经验计算的不足。后由厂方专业人员驾轻就熟,用有限元法通过美国SAP5通用程序在西门子7760计算机上完成强度、刚度、变形等全面计算。这一计算将主漂移室的机械结构置于更加科学可靠的基础上。

对撞机所用的四极与六极磁铁等项目也选在3531厂加工。这些部件成批量，同它们放在一起工厂更愿意接单。签订协议后，主漂移室主体及附加设备加工在3531厂按部就班地进行。

但并非一帆风顺。对撞机大而精，不断出现问题需双方研究解决，因此，马基茂和他的同事们一次次去到那偏僻的山沟里。

要说当年参与BEPC工程的科技工作人员，大多经受过"七上七下"的磨难，好不容易等来了"八上"，一个个都恨不得使出全身气力。

张玲，是为了"定位子"来的。

什么是"定位子"，得从漂移室说起。何为漂移室？漂移室是北京谱仪的主要探测器之一，是用来追踪粒子细小脚印的，负责测量带电粒子在磁场中的径迹，并测量带电粒子的电离能量损失。主漂移室是一个2米多长、直径为1.62米的大圆筒，从里到外有43层，每层又分为若干小小的测量单元，总共有近7000个单元。这几千个单元由信号丝、场丝构成，每8根场丝包裹1根信号丝，构成1个单元，场丝近23000根，配合信号丝负责记录带电粒子的漂移径迹。"定位子"是漂移室所用的重要零件，由夹丝管、导电管和绝缘体组装而成，承担丝的固定和定位，高压绝缘，气体密封和电信号输入输出等多重功能。

"定位子"的制作具有非常高的精度要求，它的主体部分为塑料绝缘体，在加工上，塑料绝缘体的尺寸精度与夹丝管的同轴度均要小于25微米，在应用方面，主漂移室3万个定位子孔的一致性要达到10微米以内，以实现每根丝在室体内的高精度定位。"定位子"具有很好的高压绝缘、抗辐射和抗老化性能，以保证在北京谱仪运行环境下可正常工作10年以上。

说到底，漂移室的两端面板上有近6万个孔，场丝和信号丝要从这些孔中穿过，就靠"定位子"来固定。

这真是一个细活。

女性有着天生的细腻和执着，也容易动感情。在这家生产"定位子"的仪元厂里，北京来的女技术员几乎每天都会为产品的质量、生产的时间进度等与人发生争执，那种"鸡蛋里面挑骨头"的做派，让人既感动又恼火。仪元厂的总经理不止一次给北京那边打电话告状，说你们派来的技术人员处处刁难我们。

张玲来到仪元厂那天，刚从机场赶到工厂，饥肠辘辘，还没坐稳，仪元厂的总经理就把电话打过来了，劈头盖脸地说："你们太苛刻了，让我们的工人返了好几次工，这活儿没法干了。"张玲听了他一番数落，耐心地说："对撞机讲的是质量，不能有半点差错，希望你和工人们能理解。"

但对方在电话里言辞越来越激烈，讲了半个多小时也没有缓和下来，张玲忍不住火了："你说了半天就是不想返工是吗？我告诉你，这做不到，我不能答应。如果你坚持不返工，那就停止吧。对撞机这活你们不用干了！"

那位总经理沉默了，好一会儿才说："那谁来干？"

张玲说："中国这么大，我相信总会有值得信赖的厂家，技术过得硬的厂家，我们另外找。"

吵归吵，其实大家心里都明白，活还得继续干。仪元厂的总经理也清楚，作为合作厂家，能够参与北京正负电子对撞机的设备制作，可以说是天赐良机。虽然生产过程是很难，但每攻下来一关就意味着工厂技术和人员素质又提升了一步，真是极为难得的学习机会。因此，他们虽然嘴上"打官司"，实际上心里明镜一般，在驻厂人员的监督下，他们也就硬着头皮返工，蚂蚁啃骨头一样，一点点往里啃。

终于，"定位子"的质量达到了标准。加工的最后一批"定位子"完成后，那位吵过架的总经理亲自将成箱的产品送到了北京，他神采飞扬，连声说谢谢："没有你们科研人员的帮助，'定位子'的质量不可能达到现在的水平。我们厂里的技术也达不到现在的水平。"

"我们是幸运的。"他说。

在柳怀祖的回忆里，还提到了武钢。建造对撞机，要用到大批各种十分精密的磁铁，加工这些磁铁用的是叠加起来的矽钢片，那年月武钢生产的矽钢片很走俏，但第一批货运到北京玉泉路之后，却被柳怀祖给退了回去。武钢老总大发脾气，说保证时间给他们，就是支持了，还要怎么着？柳怀祖说，怎么着？这是高能加速器用的，你连个包装都没有，卷着筒就过来了，能用吗？

就得退了。武钢那边生气归生气，但意识到真不能马虎，很快又把新生产的矽钢片运过来了。这次是铁盒包装，质量检验同板差及含碳量都达标，验收合格。柳怀祖说，这就对了。咱们中国人只要认真，没有办不成的事。

有时候差的就是一点认真。

后来，高能加速器的磁铁精度超过了美国，他们建造的加速器都要进口我们的磁铁了。

合作之中，很多外协单位都曾表示，"这是我们的幸运"。中科院高能所的人也忘不了那些通力合作的日子，一块儿加班，一块儿着急，从北京到上海，从贵州到四川，从西安到兰州……几百家工厂和科研机构，南来北往，南腔北调，汇聚在一起，又忙活着分开。

回望他们的背影，对撞机将他们连在一起，成为他们人生岁月中最难忘的时光，也是他们所经历的前所未有的一次智慧的大对撞。

四、半夜隧道进水

谷羽听从建议，商量建基地谁来负责，后来确定，"叫徐绍旺来。"

在调兵遣将的过程中，工程领导小组先后调来一批人，其中两个关键的人物，一个是总工程师、一个是总工艺师。总工艺师做什么呢？要对整个工程建设全局了然在胸，每一步每一环，设备如何安装，土建怎么留空，水、电怎样到位，都得早早设计好，一项项安装妥当。总工艺师就负责这个。

徐绍旺被任命为总工艺师。

头天任命，第二天一早徐绍旺就上岗了，他心里早就装着对撞机呢。他说，1956年他从上海交通大学毕业来北京，就是冲着对撞机来的。好些年里他都想方设法将每年国际上关于加速器会议的论文收集起来，然后逐篇阅读研究，宝贝一样收藏好。那会儿他一家住在中关村一幢破旧楼房的宿舍里，爱人在原子能所工作，孩子小，夫妻俩白天忙工作，晚上回来忙家务，有点空就赶紧捧起书来。住房小得连张书桌都搁不下，妻子的缝纫机就是徐绍旺的书桌。那时中关村一带老爱停电，遇到停电的时候，他就在缝纫机上点根蜡烛照明，勉强凑合着看书。有时候，孩子摇晃着走过来，一撞缝纫机，蜡烛就倒了，好几次差点把书都给烧了。

就那样，他掌握的知识从大学所学的机械专业知识扩展到加速器、超导磁铁、谱仪等，对国际上关于对撞机的科学进展有了比较充分的了解。有一次，他参加一个国际会议，一些日本专家居然出言不逊，瞧不起中国人，在会上说："你们中国不可能造超导。"徐绍旺气得当时就站了起来，说："你们凭什么说我们不能造？我们中国人就能做。"他后来一直对此耿耿于怀，心想总有一天，我们中国人要做出个加速器，做出个超导让你们看看。

时机总算来了。自从被任命为总工艺师之后，这徐绍旺好腿劲，每天起早睡晚，就像一个老农民在地头转来转去一样，他也在工地上转个没完，常把一句话挂在嘴边："农民的脚印是最好的肥料。"

这话不是他发明的，但他觉得在理。他每天盯在现场，守着技术人员安装机械，哪儿有不对劲的他立马就指出来。土建方面有问题，他解决不了的，就找谷羽和张百发几位领导，张百发那人魄力强，动作快，解决困难三下五除二，上下配合得十分默契。

眼瞅着快三年了，工程分分秒秒在抢时间，土建和设备安装交叉进行，土建工程基本完成，90%的加速器设备也都运到了现场开始安装。只有环线隧道尚未完全封顶，正在最关键的时刻。看来一切顺利。

但转眼到了7月，雨水多了起来，有一天半夜突然降下一场暴雨，上夜班的人连工具都没来得及收拾，水就哗哗地进了隧道。

现场的保安急得分头给人打电话，深更半夜的，徐绍旺、柳怀祖等人火急火燎地骑着自行车赶到工地，那会儿最便捷的交通工具就是自行车。到了工地一看，积水都没到小腿肚子了，都不禁连喊糟糕。

雨来得太猛，露天工地上，设备的支架都已经安上，没来得及封顶的隧道口，随着滂沱大雨，八宝山上的水汇成一股激流，翻着黄色的浪花，夹杂着泥浆和树叶草根，冲进那些敞开的设备通道。如果再往里灌，已经安装的设备特别是加速器的管道就要泡汤啦。

大家真是急得火星直冒，徐绍旺更是欲哭无泪，他这个总工艺师管的就是工程进度，要是泡了汤，还不后悔死。为什么不早一点或者推迟一点，偏偏在设备管道都进了隧道之后碰上这场雨？当下也顾不得多想，片刻也不敢耽搁，当即请示："请派消防车来！"

柳怀祖立马把电话打到了张百发家里，他们平时说话随便，这会儿更是毫无客气可言，张嘴就急迫地说："隧道进水了，你赶紧想办法吧。"

张百发一听也急了，说："我马上调消防队去抽水。"

不到一刻钟，风驰电掣，红灯闪烁，笛声呜呜，5辆消防车开进了工地，展开紧急救援。一根根粗大的管子伸到隧道的积水里，抽啊抽，一直抽到天明，又抽到快中午，眼见得水势渐弱，退到了脚脖子以下，柳怀祖和徐绍旺，还有领导小组的好几位同志才从隧道里出来。

柳怀祖看看表，大家在水里已经站了快7个钟头了，人人精疲力竭。

但工地上黏黏糊糊的，根本无法再施工。设备安装要求湿度低于 35%，积过水的工地上已是100%。于是紧接着抽水，排风，吹……那是一个让人煎熬的过程。

徐绍旺和值班的工人们坚守在工地上，几天几夜没有合眼。眼睁睁地看着积水一点点消失，潮湿的环境又一点点干爽，他的心也好像经历着拥堵，消散。雨过天晴，湿度达到了安装要求，他的心也总算舒展开来。

这次发大水的事件一直让人们记在心头。

徐绍旺到了老年之后最爱说的话是"坚守"，或许就是从那会儿开始的。他说："北京正负电子对撞机从1956年到后来建成，就是一个坚守的过程。"

坚守，是一种很难的事情，一时的热情做不到坚守，对人或事业均是如此；坚守需要全身心的投入，向坚守的对象毅然交付漫长、宝贵的时光。

五、丁肇中说，你们太省了

有人将北京谱仪，也就是探测器称为"火眼金睛"。

对撞机即加速器，让正电子跟负电子分别加速，在高速运转之下对撞。但撞了之后做什么用是最要紧的。这就需要用北京谱仪探测、研究那些撞出来的粒子，有没有以前未曾发现过的新粒子，并找出新的相互作用规律，等等。

可以说，没有北京谱仪，撞了也是白撞。

北京谱仪的总设计师叶铭汉挑了几个骨干一块儿研制，其中有"丁训班"最早一批的学生郑志鹏。

郑志鹏出生于山水甲天下的广西桂林，父亲郑建宣是一位著名的金属物理学家，为广西培养过一批物理人才。在儿时的郑志鹏眼里，父亲是一位"严父"，从来不苟言笑，批评起孩子来更是严厉。每个学期结束，孩子们都要拿着成绩单到父亲那里"过关"，成绩好，父亲没有多话；成绩差，父亲定要问个水落石出。

在父亲的严格教育下，郑志鹏1963年以优异成绩毕业于中国科技大学近代物理系，继而被分配到中科院高能所，是著名核物理学家赵忠尧的学生。1978年，前面所说的"丁训班"开始，郑志鹏作为第一批被选拔出来的骨干，到丁肇中教授领导下的德国汉堡同步加速器实验室工作，并在胶子发现工作中负责一个分探测器。

当时德国已经有了三个探测器，丁肇中领导其中一个，复杂而精致。郑志鹏他们一道去的共十位中国科学家，丁肇中对他们的学习和实验抓得很紧，通常每天上午10点钟左右铁定会打电话到实验室询问，有没有什么问题，实验进行得怎样。有问题他会马上赶过来，亲自和大家一块儿动手解决。

丁先生说："我们搞实验物理的人，就要艰苦，要努力，要认真。"

这些在国内已经学有所成的年轻科学家，在丁先生那里的工作从插电缆做起。探测器有上万根电缆，不能插错一根。每一次插的时候，都要反复两次口头报告，说"插对了"，然后再重复一次"插对了"。而且必须两个人同时插，相互应答，反复查看。

丁先生在一旁看着，不时指点。他常说："你们不能只是看书，必须要实践，要一面干工作，一面学习，这才能记得住。实验室可以带着书去，但是不能只看书，要做实验。"

郑志鹏跟随丁肇中先生学习、实验了两年，受益终生。他回到国内马上就投身BEPC工程，叶铭汉让他负责飞行时间计数器的设计研制，不久他就体会到真不容易，真苦。

苦的不是别的，而是白手起家，啥都没有。在德国汉堡丁先生的实验室里，设备齐全，大多是订制的，要做新的实验，需要订货先查好目录，一个电话一打就行了。而国内是要什么没什么，探测器机械的很多结构，高能所自己的工厂能力有限，都得依靠所外的工厂。

没有就得咬着牙做出来。

那个"飞行时间计数器"，要做到200皮秒。1皮秒就是10^{-12}秒，合一万亿分之一秒，极快极快。200皮秒是一个很快的量，要做到这么难一个指标，叫人挠头。他们几个科研骨干在一起，废寝忘食，把所学到的知识挖出来，将所有的心智都掏出来，共同设计出了北京谱仪的飞行时间计数器。

然后，一个个设备加工研制。郑志鹏跑了好多地方，寻找"意中人"。意中人指的是国内最好的厂家和师傅，但多少次都是怀着希望而去，失望而归，因为要求精度太高，一般的工厂都达不到要求。有时是众里寻他千百度，蓦然回首，终于发现有一家比较合适，但工厂很遥远，在犄角旮旯的地方，先要坐火车，然后汽车，辗转好几天才能到。

北京谱仪是一台十分复杂的高科技装置。研制时分成16个子系统，分头进行，在全国寻找合适的加工工厂。

就这样往前干，1986年以后郑志鹏接任北京谱仪的负责人，领导两百多号科研人员，将谱仪工程一项一项地研制出来。北京谱仪是一台由多种高性能的探测器组成的大型综合谱仪。郑志鹏除了总负责，还负责飞行时间探测器；马基茂负责主漂移室；周月华负责量能器；朱永生负责缪子探测器；朱善根负责螺线管线圈；郁忠强负责触发判选；李金负责端盖量能器。

谱仪外面的螺旋管线圈是原子能所负责研制的，用空心铝导线绕成，弯成一个线圈甩过来，里面铜水冷却，线圈大，极难绕，还要绕五层。外径超过4米，重达31吨，是我国当时最大的螺旋管线圈，也是当时世界上的大型螺旋管线圈之一。

这个庞然大物从房山坨里的原子能所运到玉泉路，颇费了一番功夫。要走过的50千米路程，有行人密集的街道，还有涵洞、小桥。担心高度过不了涵洞，重量压坏了桥梁，还怕线圈受到震动，指挥部精心研究出一条路线，想法绕过涵洞、小桥。

1987年2月，乍暖还寒的日子，那天一早装车，先是将那庞然大物从安装车间里破墙而出，因为体积太大出不了车间门。

一辆巨型载重车候着，装好就快中午了，武警车、消防车，组成了隆重的车队，开拔之后，遇到电线就挑高，遇到不平就垫土，浩浩荡荡，走走停停，在路上还过了一夜。第二天清晨再次出发，经公主坟、复兴路再往西，终于到达玉泉路。一路壮观，安装成功。

郑志鹏感慨这一切实在太不容易。他清楚国外的加工要贵得多，说起北京正负电子对撞机所用的钱，他熟悉的外国朋友都不相信，说按人民币来算，怎么还不得10多个亿？但实际上才用了2.4亿。如果在德国、美国，至少要增加十倍的钱，差不多要近20个亿，可中国人自力更生，省钱又省时地做出来了。

　　丁肇中先生后来见到郑志鹏他们，说："你们太省了！"

六、撞上了！撞上了！

最让人期待的，是对撞机的调试，这就意味着几年的努力有了结果。设备开始工作了，不再只是一大堆机械，磁铁，电源，电缆，电子线路，它们纠结在一起，运转起来，突然就有了生命，鲜活的无限欢跃的生命。想象它们，就像看见一条生动的河流，一群欢跳的孩子，是那样让人欣喜。

又好比东风夜放花千树。更吹落，星如雨。

由多种探测器组成的北京谱仪，安装在对撞机储存环的对撞点附近，就像一双双眼睛，可以观测并记录正负电子对撞后在纳秒时间内发生的全部过程。就如李可染先生的画作双牛对撞图，溅出的火花全部由北京谱仪获取、记录，包括各种次级粒子的能量、动量、电荷、飞行时间、空间位置等参数。这些记录可供科学家测量，以定量重建整个反应过程，研究其与已知物理过程的异同，寻找新的物理现象、规律和粒子。

因此，北京正负电子对撞机的科学目标是通过北京谱仪来实现的。

安装好的对撞机储存环犹如一圈神秘的跑道，等待"科学之牛"的碰撞。还有安装好的北京谱仪，极为气派地卧在那里，有两层楼高，包括"金花"拉丝的主漂移室、飞行时间探测器、电磁量能器、缪子鉴别器四个子探测器——每个探测器朝着不同的探测目标，成为我国最大的单台科学仪器。值得中国人骄傲和自信的是，它们完全由我国科学家自行设计与建造而成。

之后的事实证明，这四双"火眼金睛"发现了无数奇妙。然而在1988年的秋天，加速器的设备已全部安装就绪，但调束仍处在困难之中。

时不我待。BEPC瞄准粲物理"窗口"，要在国际高能物理领域占有一席之地。在粲物理能区，当时美国、德国和法国的三台正负电子对撞机SPEAR、DORIS和DCI已经运行了10年左右，粲物理"窗口"是否存在，取决于BEPC的亮度和建造速度。如果BEPC不具有比世界上同能区的几台对撞机高数倍的峰值亮度和较小的束流能散，就没有竞争力，粲物理"窗口"就只是一句空话。同时，如果BEPC不能在5年内建成、调试成功并投入运行，也将失去机会。这对我国科技界和工业界来说是个严峻的挑战。当时，国内外不少专家对于从无设计、建造和调试高能加速器经验的中国，能否跨越各国经历30年建造同步加速器这一步，在短时间内成功建造比世界上同能区的几台对撞机的亮度高数倍的BEPC都很担心，认为所冒的风险太大。

　　对撞机工程项目副经理陈森玉负责主持BEPC储存环的理论设计，以及储存环的加工制造、安装和调试。从1985年初开始，他带领加速器理论组，从一定要保证达到设计指标的高度出发，重新审核储存环的初步设计，陆续补充下达了BEPC储存环和束流输运线各系统的设计、安装及调束的要求。继而又主持了储存环的设备样机鉴定验收定型、批量生产、安装和调试等工作，并就重大技术、质量问题做出决策。

　　他提出，"没有质量就没有BEPC工程"。

　　陈森玉和储存环室副主任蒋延龄、黄开席一起，建立并严格实施质量跟踪保证和验收制度，在设备下隧道安装前必须长期考机运行，以便尽早发现问题。又和总工程师章炎及总工艺师徐绍旺、石寅生一起，采用立体交叉，安装、准直和分系统调试平行作业的方式，于1987年11月底前完成了储存环的安装任务。

　　在不具备高频加速和束流测量及自动控制的情况下，陈森玉决定利用γ探头测量电子在储存环内循环丢失时产生的γ射线，来观察电子束在储存环内的循环圈数。在1个月时间内完成原定6个月的对储存环进行注入和多圈循环实验，提前完成预定的1987年底储存环出束的目标，极大地增强了信心。

　　陈森玉毕业于清华大学工程物理系。他出生于印尼一个华侨工人家庭，小时候，父亲收入微薄，一家人生活艰难，不得不分居两地，他的哥哥姐姐在福建老家由祖母带养，他和妹妹则随父母在印尼生活。父母常念叨咱们是"唐山人"，将来要叶落归根。中华人民共和国成立前夕，陈森玉回福建升学念书。他立志"将来要当科学家"，1958年顺利考入清华大学，后来毕业分配到中国科学院原子能研究所。1978年5月作为访问学者赴美国费米国家加速器实验室，在美籍华人、高能加速器专家邓昌黎教授指导下，刻苦学习并掌握质子同步加速器理论设计。后来又由李政道先生安排到美国布鲁克海文国家实验室，在强聚焦原理发明者欧内斯特·科朗（Ernest Courant）教授的指导下学习强流不稳定性理论。

经过如此丰富学习、历练之后的陈森玉，在北京正负电子对撞机工程建设中，成为一员重要的大将。他曾受派赴斯坦福直线加速器中心任BEPC驻美国技术联络员，1986年回国又受任BEPC工程副经理，协助方守贤经理对工程的技术、质量、进度和投资全面负责，主持工程CPM计划（关键技术路线、质量和进度）的制定和实施，以及BEPC总体调束。

当时的情形是，工程进行一千多个日夜了，从设计、研制到安装、调试，数千台设备在1988年5月开始束流调试。调束工作十分艰辛，需要7×24的工作节奏，分了5个调束班，每班12小时交替，吴英志、国智元、陈利民、黄楠和张闯是当时的值班长。但往往值班人员经过辛苦工作之后，到了下班还舍不得走，留下来讨论怎样才能把信号调出来。最紧张的阶段有人曾一连几天都在中控室，困了就在椅子上靠一会儿。大家全都忘记了疲倦。

有一天夜班时，工程副经理陈森玉打来电话，询问束流情况，再次强调：邓小平同志非常关心对撞机的调试，等待着我们的好消息。

邓小平一直关注着对撞机工程的进展，时常询问有关情况，关键时刻他说："我们的加速器必须保证如期甚至提前完成。"

老人家说的是"我们的加速器"，让大家胸中涌起一股热流。

邓小平的指示对大家而言，既是激励也是压力。国际对撞机调束及运行经验表明，对撞机实现首次对撞后通常需要2—3年时间才能达到其设计性能指标，有的甚至历时更长。BEPC的亮度能否达到设计指标，圆满完成邓小平提出的"我们的加速器必须保证如期甚至提前完成"，大家心里真是一时没底。但陈森玉受命挑起了主持BEPC总体调束的重担，代表工程指挥部明确提出BEPC亮度一定要达到设计指标，做到长期、可靠、稳定运行。

陈森玉领导调束组仔细观察并研究储存环的四组不同组合的工作点对正负两束电子的注入、积累、同时加速和由注入模式过渡到对撞模式及束流寿命的影响。当时世界上的对撞机（包括BEPC储存环）设计时，两对撞点间的工作点都取稍高于整数或半整数。

陈森玉在仔细分析了BEPC储存环的调束数据后，发现当两对撞点间的工作点取稍低于整数或半整数时，其积累的正负电子束流流强较强，寿命较长，运行也更稳定。他不迷信、不盲从于纯理论，认为决定亮度的因素很多，有些理论并不很成熟。他依据调束数据判断，对BEPC来说，当两对撞点间的工作点处在稍低于整数或半整数时，束—束相互作用会更强，即对撞机的亮度更大。于是决定放弃原理论设计所确定的工作点，将BEPC储存环两对撞点间的工作点选择在稍低于整数或半整数调束。

BEPC的调束后来证明，他的判断是科学的。

然而，对撞机是极其复杂的大装置，需要数千台设备配合工作，差一点都不行。对撞机的调束，不仅需要热情和干劲，更需要科学的方法。1988年的夏天，调束的进度慢了下来。按照理论设计，给磁铁通上电流，再加上高频电压，从直线加速器送过来的束流应当能进入储存环。可是，一连好些天，调束人员眼巴巴地看着示波器上的束流信号，信号就是不肯增大，好像那些束流被注到加速器里，又损失掉了，调什么参量都不管用。

全所的眼睛都盯着中控室，负责调束的陈森玉承受的压力就更大了。那段时间，陈森玉就住在所里，一边组织调束人员分析原因，一边要求各硬件组排查问题。功夫不负有心人，终于在一次实验中，发现了系统中存在的一个意想不到的问题。排除了这个故障，束流就在储存环里顺利积累起来，先是电子束，接着就是正电子束。在以后的几天里，束流的流强不断提高，还把束流能量从1.1吉电子伏加速到了1.6吉电子伏。到10月中旬，束流对撞的时机成熟了。

10月16日凌晨，对撞机中控室传来了振奋人心的好消息：BEPC首次实现能量为1.6吉电子伏的正负电子束流对撞，亮度探测器也观测到了正负电子巴巴散射的信号，对撞亮度达到$8 \times 10^{27}\,\mathrm{cm}^{-2}\mathrm{s}^{-1}$。陈森玉马上向工程领导小组报告这个消息，他在电话这头情不自禁地喊道："撞上了！撞上了！"正负电子对撞的实现，标志着BEPC成功建成，时间比原定计划——1988年底完成——提前了两个多月。

1988年10月20日，《人民日报》报道这一成就，称"这是我国继原子弹、氢弹爆炸成功、人造卫星上天之后，在高科技领域又一重大突破性成就"，"它的建成和对撞成功，为我国粒子物理和同步辐射应用开辟了广阔的前景，揭开了我国高能物理研究的新篇章"。

七、中国必须在世界高科技领域占有一席之地

让我们再回顾一下曾经走过的关键历程：

对撞机方案"七上七下"之后，最终于1982年底得到了邓小平同志的批示。邓小平是中国改革开放的总设计师，也是中国高能物理研究和高能加速器研制的坚定支持者。早在1977年，欧洲核子研究组织总主任阿达姆斯来访时就曾问邓小平：你们目前经济并不发达，为什么要开展高能物理研究，搞高能加速器？邓小平说："这是从长远发展的利益着眼，既然要搞四个现代化，就得看高一点，看远一点，不能只看到眼前。这是一个很难的事情，但可以带动许多方面，也许这个决心可以帮助我们把发展的程度提高得快一点。"

邓小平多次强调，虽然建造高能加速器耗资巨大，但从长远看很有意义，"非搞不行"。他亲自推动了我国高能物理研究领域的人才培养，多次在会见外国科学家时提出希望派人去国外工作和学习。

全国数百家研究所、工厂，数以万计的科研技术人员承担了对撞机上千个部件的研制任务。

1982年完成包括注入器、储存环、输运线和谱议的初步设计，提出基建要求和造价估计，并开展了预制研究。

1983年改进设计，个别预制样机研制成功。

1983年12月，中央决定将对撞机工程列入国家重点建设项目，并成立了对撞机工程领导小组。不久，由14个部委组成工程非标准设备协调小组，组织全国上百个科研单位、工厂、高等院校大力协同攻关；土建工程由北京市负责全力保证。

1984年10月，对撞机工程破土动工。该年年底，能量倍增器试验成功，90兆电子伏电子直线加速器出束。

1986年进行设备安装。

1987年开始总调，正电子注入储存环。

1988年7月，同时储存正负电子束，之后开始大型粒子探测器北京谱仪联调。

1988年10月16日，对撞机首次对撞成功，亮度达到$8\times10^{27}\mathrm{cm}^{-2}\mathrm{s}^{-1}$，北京谱仪首次捕捉到正负电子对撞后的散射事例（巴巴事例），中央控制室里一片欢腾。在数以百计的物理学家和工程师们的欢呼中，我国第一台正负电子对撞机宣告建成。中国高能加速器技术一步跨越30年，直接进入20世纪80年代国际先进水平，中国高能物理的一个新时代终于到来！

一步跨越30年。

仅仅用了4年时间，就从无到有建造成功对撞机，可以说是一个奇迹。这样的建设速度在国际加速器建造史上也属罕见。如此庞大的高、精、尖科研工程，没有出现大的反复和挫折，一步达到国际先进性能指标，树立了我国科技领域一个坚实的里程碑，是中国人智慧、执着、自力更生、团结协作的见证。

1988年10月24日，金秋时节，邓小平来到北京玉泉路。他稳步走进高能所一个大厅，附近就是正在运转的正负电子对撞机，那天他和其他中央领导人沿着直线加速器长廊，走进了周长200多米的储存环地下隧道，再到探测大厅，还到了计算机控制、数据分析中心及同步辐射装置大厅，兴致勃勃地察看了对撞机的全部系统。爬上爬下，都不觉得累，兴奋地边走边听李政道、谢家麟几位的讲解。

那天，邓小平会见了BEPC的建设者和出席中美高能物理委员会第八次合作会议的代表。随同老人前来的，还有他的女儿邓楠。他说，邓楠是来给我当翻译的。大家不解，老人说，我的耳朵听不见，她来帮我翻译大家说的话。

在听取了关于对撞机建设情况的汇报后，老人啜了一口茶，面带微笑地发表了即席讲话，但讲话的内容显然是深思熟虑已久的。他说：

世界上一些国家都在制订高科技发展计划，中国也制订了高科技发展计划。下一个世纪是高科技发展的世纪。

说起我们这个正负电子对撞机工程，我先讲个故事。有一位欧洲朋友，是位科学家，向我提了一个问题：你们目前经济并不发达，为什么要搞这个东西？我就回答他，这是从长远发展的利益着眼，不能只看到眼前。

过去也好，今天也好，将来也好，中国必须发展自己的高科技，在世界高科技领域占有一席之地。如果60年代以来中国没有原子弹、氢弹，没有发射卫星，中国就不能叫有重要影响的大国，就没有现在这样的国际地位。这些东西反映了一个民族的能力，也是一个民族、一个国家兴旺发达的标志。

现在世界的发展，特别是高科技领域的发展一日千里，中国不能安于落后，必须一开始就参与这个领域的发展。搞这个工程就是这个意思。还有其他一些重大项目，中国也不能不参与，尽管穷。因为你不参与，不加入发展的行列，差距会越来越大。现在我们有些方面落后，但不是一切都落后。这个工程本身也证明了这一点。当然，有政道教授和其他国际朋友的帮助，使我们少走了弯路。但是这个工程不完全是照搬过来的，中间也还有我们自己的东西，有自己的技术，有自己的创造。

总之，不仅这个工程，还有其他高科技领域，都不要失掉时机，都要开始接触，这个线不能断了，要不然我们很难赶上世界的发展。

他转过头来，朝着所有的人粲然一笑，面若秋菊。

"过去也好，今天也好，将来也好，中国必须发展自己的高科技，在世界高科技领域占有一席之地。"

今天的世界风云证明了邓小平卓越的洞察力和预见性。

我们所幸早已占有一席之地。

八、红了樱桃，绿了芭蕉

那年，李政道将谷羽送给他的小金马珍惜地带回了美国。北京正负电子对撞机建成之时，李政道飞回北京，方守贤、柳怀祖几人到首都机场去接他，一见面大家都为来之不易的成功欢喜不已。接着，李先生迫不及待地打开行李箱，取出了那尊小金马，交给方守贤，说："我履行两年前的诺言，把谷羽先生赠给我的'马踏飞燕'交给北京正负电子对撞机国家实验室，请你们一定要好好珍藏。"

方守贤郑重地接了过来，点头称是。谷羽的工作在此之前已由中国科学院院长周光召接替，但是自工程开始初期建立起来的领导机制并没有改变，李政道一再说："我要特别表示对谷羽女士的高度敬意，她对中国高能物理研究发展的起步做出了特殊的贡献。"

小金马的故事成为一段佳话，象征着谷羽等领导者与科学家的友谊，也象征着所有科学人对事业的热爱与良好祝愿，祝愿科技事业像小金马那样永远向前奔腾。

潘诺夫斯基教授跟大家成了老朋友，他在这四年间，每年要来北京两次，指导工程建设，每次从大洋彼岸飞来，到达的第二天就开始工作。有一年，他的心脏动了大手术，但仅三个月后又飞到了北京，在工程最需要的时候出现在大家面前，与科研人员及工人们一道解决难题。为对撞机工作，潘诺夫斯基没有拿过报酬，按照中美有关科学协议，他的工资仍在美国那边领。还是李政道提出建议，给老潘一点生活补贴和加班费。

也来点儿中国特色。

李政道先生在北京正负电子对撞机的建造过程中，不仅全心全意地投入，还对祖国的科学发展提出了一串金点子。因他最早的提议，中国才有了博士后制度、中美联合招考物理研究生项目（CUSPEA），才建立了国家自然科学基金、中国高等科技中心等，这些重大的举措给21世纪的中国造就了大批人才。时至今日，所取得的良好效果，人们有目共睹。李先生平时为人谦和，彬彬有礼；工作起来一丝不苟，十分严格；对既定目标更是坚定执着，丝毫也不含糊。柳怀祖先生多次目睹过李政道先生与人交谈工作的场面，有一次，与当时国内一位重要领导会见，谈到中国博士后的待遇问题。那位领导说博士后每人每年补贴八千元，但李政道给他算了一笔账，认为起码要保证那些学子的基本费用，说最好是一万二。

那位领导沉吟了片刻，说还是八千吧。

可李先生却再次表明："我计算过了，他们确实需要这么多补贴，还是一万二为好。"

领导脸上闪过一丝不快，说："现在国内经济还不发达，财政紧张，八千已经不错了。"

没想到，在聚餐的席间，李先生再次提出一万二，大家都有些吃惊，李先生真是一位执着的人啊。

那位领导还是没有同意，事情也就没有结束。时隔不久，邓小平接见李政道，李先生在原来想到的谈话内容之外又提到了这事，他说八千对那些博士后来说是不够的，还是一万二为好。

邓小平二话不说，当即拍板："一万二就一万二，就这么定了。"

李政道十分高兴，但其实得到实惠的是那些与他素昧平生的学子们。许多年里，他像一位亲切的长者关心着中国留学生的成长。在国外，他不仅亲自带学生，传授知识，还言传身教，教他们不要忘了祖国，学生之中有人生病、遇到困难，他也会找出时间亲自过问，帮忙解决，留学生们都叫他"总家长"。种瓜得瓜，多年之后，中国有了一批批"海归"，他们活跃在中国科技、教育、政治、经济各个不同领域里，成为富有实力的领导或骨干。好比是红了樱桃，绿了芭蕉，一派锦绣风光啊！

此处的"红了樱桃，绿了芭蕉"一语来自国画大师吴冠中的画作《流光》上的题词，也来自李政道与吴冠中的交往和切磋。

李先生酷爱艺术，1972年他第一次回国时，身边就携带着一份早就想要会晤的国内艺术家名单，有吴作人、黄胄、吴冠中、李可染等。在国外的一些博物馆里，他曾经多次欣赏过这些艺术家的作品，十分喜爱，心仪已久。但回到国内，陪同人员却一时不知他们一个个身居何方。幸好在拜访冰心老人时，他提到此事，冰心老人说她知道，当下就告诉了他好几位艺术家的住址。

就是从那时起，李先生与国内一批艺术家有了很有意思的交流，后来在他提议创办的中国高等科学技术中心开展的一系列活动中，他都常常把艺术家请进来，给每次不同的会议创作"主题画"。他会向艺术家们介绍他对科学与艺术的理解，介绍某一个科学主题的含义，然后请他们放飞想象的翅膀。

1988年在举办"二维强关联电子系统"国际学术研讨会时，李政道请来了吴作人先生。大师心领神会，运用中国古代哲学的观念，认为所有的复杂性都是从简单性产生的，正如李政道先生特别喜爱的老子《道德经》中所言"道生一，一生二，二生三，三生万物"。但是，如何从简单到复杂的呢？通过科学实验人们得知，带正、负电荷的粒子之间的相互作用，形成了原子、分子以至世间万物。正负两极的对偶结构，在中国古代哲学里被称为"阴阳"，太极符号表现的就是阴阳之间的关系。吴作人就此画了一幅变形太极图——《无尽无极》，这幅画后来被选作北京正负电子对撞机的标识，又被选作中科院高能所的标识。

1989年5月，中国高等科学技术中心召开"场、弦和量子引力"国际学术研讨会，李政道邀请到了李可染作主题画，李可染画出了一幅《超弦生万象》。后来在1989年6月，李可染又为"相对论性重离子碰撞"国际学术研讨会画出了那幅传世的双牛对撞图——《核子重如牛，对撞生新态》。

而在1996年举办"复杂性对简单性"国际学术研讨会时，李政道请来了吴冠中。这位中西兼容、古今皆通的国画家与李政道品茶论道，相谈甚欢，他以静为动，动中含静，创作出一幅《流光》，并题了一首诗，经与李政道的切磋，定为：

点、线、面，

黑、白、灰，

红、黄、绿，

最简单的元素，

营造极复杂的绘画。

它们结合在一起，

光也不能留时间。

流光——流光，

流光容易把人抛，

红了樱桃，绿了芭蕉。

诗里蕴藏着深刻的科学原理，按照相对论，时间的改变和观察者的运动速度有关，速度高，时间的改变则慢。光速为一切速度之最，如观察者以光速运动，相对的时间则完全停留。但艺术家的想象可以超越时间的定义，光留不住的，人的创造却可以留存。

科学与艺术的互动，这样的故事还有很多。

李政道将科学与艺术融合在一起，他本人，就是二者合一的化身。在我采访方守贤院士时，他拿出一些珍藏多年的贺年卡，图片上或是盛开的花朵，或是亭亭玉立的绿树，或是丹麦式的小屋，还有十二生肖。方院士是在谈话的空隙，一转身就从办公室的柜子里拿出来的，那些贺年卡显然离院士很近。那一张张贺年卡传递出一种亲切的友谊，一份发自内心的问候，都由李政道先生亲手所绘。后来又听王贻芳先生说，李先生也给他寄过好些亲手画的贺年卡，每年春节将至，李先生都会用这种方式给朋友们送上一份份祝福。在上海交通大学图书馆我还见到过李先生更多的画作，它们色彩斑斓，饱含深意，却又带着岁月抹不去的纯真与新颖，能从中感知风云全球而又不失初心的李政道的君子之风。

"道可道，非常道，名可名，非常名"，李政道先生对老子的《道德经》颇有研究，深得其味。将古老的哲学与科学融为一体，"细推物理日复日，疑难得解乐上乐"，他承认，这是他一生最大的、唯一的追求。

人们对李先生的爱戴来自多个层面，有人赞誉他为"近代中国科学的推手"（吴茂昆），"影响了一代人思维的发现"（何祚庥），有人说："对于很多中国人，李政道是一个传奇。"（徐洪杰）

是的，他是一个传奇，而且帮助祖国创造了一个又一个感人的传奇。我在写作中，不止一次地想象着这位我从未见过的科学伟人，然而对他灿烂的笑容却并不陌生，在许多地方都能见到李先生那开怀大笑的照片。那或许也是他自己最喜爱的，代表了他真实的内心，阳光般透彻和明亮，让人感受到温暖和力量。

人类因为有了这样一些杰出的代表，才得以生生不息。

在李政道先生九十华诞来临之际，我受上海交通大学图书馆之邀，从本书稿中摘取了一两个章节，题为"红了樱桃，绿了芭蕉"，发表在了《人民日报》上，同时被编入图书馆的纪念文集里。我的心意是，以我的写作表达对李政道先生由衷的敬意，对科学及科学家们由衷的敬意！新春又到了，李先生远在大洋彼岸，可曾听见祖国和朋友们对您的问候？

当年，主抓BEPC工程的聂荣臻元帅曾为《北京正负电子对撞机》一书作序：

北京正负电子对撞机工程领导小组受党中央、国务院的委托，全面组织和领导了这项工程建设。国家计委、国家经委、国务院重大技术装备领导小组等十几个部委及中国科学院、北京市人民政府给予了大力支持，加上世界高能物理学界，特别是美国各高能物理实验中心的帮助，使这项工程进行如此迅速和节省，质量如此之好，在国内乃至世界都是少有的。正如小平同志视察这项工程时所说："我们有些方面落后，但不是一切都落后，这个工程本身就证明了这一点。"江泽民、杨尚昆、李鹏、万里、姚依林、乔石、宋平、王震等党和国家领导人也都前往祝贺它的成功。这是我国科学家继原子弹、氢弹、导弹、人造卫星、核潜艇等之后的又一巨大科技成就。中国人民永远不会忘记北京正负电子对撞机建设者为振兴中华科学事业无私奉献的精神，也不会忘记世界高能物理学界朋友们对北京正负电子对撞机的支持和帮助。

聂荣臻

一九九〇年八月五日

聂荣臻提到了两个"不会忘记"：一是不会忘记对撞机的建设者，二是不会忘记世界高能物理学界的朋友们。前者不言而喻，后者包括一批海外的华人物理学家，以及伸手给予我们援助的国际友人。

时光荏苒，但聂帅深情说到的两个"不会忘记"，人们会永远记得。

九、撞出一番新天地

曾经给方守贤和郑志鹏等人写信，让他们从国外回来投身对撞机工程的老所长张文裕，为了等到终于建成的这一天，头发等白了，背也等驼了。他说："我好容易盼到了，以后的任务要靠你们接着干啦！"

老所长的话里透着风雨过后见彩虹的喜悦，也有对后来者的多种期待。对撞机虽然已经建成，但并不意味着万事大吉，要取得研究成果还待艰苦细致的探索。大家都知道有一种担心，就是像当年苏联一样无果而终。苏联曾建成好几台加速器对撞机，但是长时期里没有发现物理成果，被世界视为失败之举。而美国建的加速器不断出成果，因此吸引了全世界的物理学家。失败与成功，国际上都已有先例，大家就怕重蹈苏联的覆辙。

如何才能避免这一点？

中国的物理学家一天也没有停止过创造性的研究。国外有的技术，别人不告诉，咱们就自己慢慢抠，慢慢弄。俗话说得好，"三个臭皮匠，顶个诸葛亮""二人同心，其利断金"，团队就是一个整体，科研人员互相切磋，跟工程师一起商量，跟年轻人一起讨论，一步步，寻找到国际上没有发现的一些规律；一步步，扎扎实实地攀登科学高峰：

1988年12月，BEPC对撞峰值亮度达到设计指标。

1989年4月，北京谱仪推至对撞点上安装就位，开始总体检验，用已获得的巴巴事例进行刻度，北京谱仪投入试运行。7月，北京正负电子对撞机和北京谱仪通过技术鉴定。8月，BEPC辐射防护和剂量监测系统通过技术鉴定。12月，北京同步辐射装置（BSRF）三个前端区、一块扭摆磁铁、三条光束线、两个实验站通过国家技术鉴定开始投入运行。

1991年，同步辐射装置从调试转入试运行，并首次向国内用户开放。

1991年，中科院高能所计算中心网络与美国SLAC实验室及国家能源超级计算中心（NERSC）连接。

1991年8月13日，北京正负电子对撞机国家实验室成立，方守贤任主任，丁大钊、郑志鹏任副主任，何祚麻院士为学术委员会主任。

1991年11月7日至1992年1月20日，北京谱仪合作组进行了 τ 轻子质量测量的数据获取工作，所获结果：$M_\tau = 1776.9 \pm 0.4 \pm 0.2$ 兆电子伏，与国际1990年版数据表PDG给出的世界各实验结果的平均值相比，较原实验数据降低了7.2兆电子伏，纠正了过去约7兆电子伏的偏离，精度提高了8倍，被誉为1992年最重要的物理学成果之一。

1992年4月22日，北京谱仪合作组在美国物理学会上报告了τ轻子质量测量结果，获得国际知名科学家的好评。τ轻子质量精确测量是验证标准模型理论中轻子普适性的一个重要实验。

1993年1月7日，"τ轻子质量的精确测量"被评为1992年度全国十大科技成就之一。

1993年3月，中科院高能所计算中心建成64千字节每秒的高速网络，并与世界各高能物理实验中心相连，用于通讯和数据传输。同时，还为国内60余个研究单位和大学提供电子邮件和信息检索服务。高能所计算机网络随之正式加入Internet和WWW。

1995年，"τ轻子质量的精确测量"获国家自然科学奖二等奖。

1997年，"北京谱仪Ds物理的研究"获中国科学院自然科学奖一等奖。

1998年，"J/ψ粒子共振参数的精确测量"获中国科学院自然科学奖二等奖。

1999年2月7日，BEPC/BES/BSRF改进项目通过鉴定。BEPC综合性能大幅度提高，实现了稳定高效运行，年运行时间达到九个半月以上，故障率仅为6%左右，在束流能量1.89吉电子伏时亮度达到$10^{31} \text{cm}^{-2}\text{s}^{-1}$，日平均事例数提高了3-4倍，达到了国际同类加速器的先进水平。

1999年，北京谱仪在2-5吉电子伏能区的R值精确测量上取得重要成果，得到国际高能物理界的高度评价。5吉电子伏以下的R值是标准模型计算不确定性的重要部分，北京谱仪国际合作组充分把握国际高能物理发展的最新动态，选定了这一在理论上有全局性重大意义、在实验上极富挑战性的课题，精心设计了全能区的实验方案。此项实验对加速器和探测器的性能及运行水平，对实验技术和数据分析方法以及理论模型等都是严峻的挑战。经过可行性研究，国际合作组把测量能区定为2-5吉电子伏，精度目标定在7%左右，该指标对北京正负电子对撞机运行能量和北京谱仪测量精度的要求已经接近极限。为了完成R值精确测量实验，北京正负电子对撞机发挥了运行以来的最高水平，在如此宽的能量范围内长时间保持了长束流寿命和高亮度的稳定运行，这在国际高能物理实验研究中也属领先水平。

北京谱仪在2-5吉电子伏能区的近百个能量点上进行能量扫描测量，并在数据分析中，发展和应用了多项创新方法和理论模型，使测量的系统误差大大降低，平均测量精度达到6.6%，比国际上原有的实验结果提高了2-3倍。

随着北京对撞机及探测器的成果不断问世，各个不同国家的物理学家纷纷被吸引到了北京。以我为主的大型国际合作不断进行，先后获得了τ轻子质量精确测量、R值精确测量、胶子球的研究和新粒子的发现等一批国际领先的重大成果，中国高能物理研究所也跻身于世界知名高能加速器实验中心之列。

北京正负电子对撞机，撞出了一番新天地。那些曾经有过的担心，成为人们越过千山万水之后的回首一笑。江山如此多娇。

十、今夕何夕，见此粲者

最初准备写这本书时，最先想到的书名是《粲然》，是被"粲夸克"所吸引，想象正负电子对撞之后，那些粒子翻飞的情景，就如满天星星，银河灿烂，一片粲然。但后来，作家徐剑说，你这个书名太过文气了，报告文学的书名应该让读者一目了然才好。想想言之有理，于是改了书名。但心中一直对"粲然"有些恋恋不舍。

"粲夸克"这个名字的由来，与中国文化有关。"粲夸克"的英文是"charm quark"，英文名称是美国理论物理学家格拉肖（S. L. Glashow）在1964年发表的文章中首次提出的，"charm"有"魔力"和"娇媚"之意，也作为对"美好"事物的一种表述。

近代物理学的发展起源于西方，汉语中的绝大多数物理学名词都译自英文、德文或法文。中国物理学会名词委员会专门负责审定汉语的物理学名词和术语，著名物理学家和教育家王竹溪，生前一直担任这个委员会的主任，几十年里经他审定的物理学名词不计其数。

这是一件很费脑筋的事，审定者不仅要对物理学有深入透彻、完整全面的了解，还要精通英语、德语、法语，同时还要具有深厚的汉语功底。我曾接触到国内少数民族文字之间的翻译，深知其中的不易，翻译可分作三个层次，一是直译，二是意译，三才是美译。要做到美译，需要翻译者有精深的学养，对两种语言文字都能精通，以及美妙的表达。

有一次，在与南非一位作家兼翻译家交流时，他说，"翻译就好比将一面镜子打碎，然后又黏合起来。"后来想起他这话，觉得很形象。

王竹溪先生就是一位将镜子黏合得天衣无缝的美译家。

早先，曾有人将"charm quark"一词译为魅夸克，意思差不多，但让人感到不够贴切。"魅"字也含有英文charm 的"魔力"和"娇媚"，但不包含让人遐想和期待的"美好"，还有人担心"魅"字属于常用字，用作物理学名词易引起误解。后来，这个词的翻译落到王竹溪的身上，他从《诗经》里得到灵感，建议将"charm quark"译为粲夸克，既表达了charm 的原意，又与charm谐音，而且"粲"在汉语中属于稀见字，不会引起误解。

《诗经·唐风·绸缪》

绸缪束薪，三星在天。今夕何夕，见此良人。子兮子兮，如此良人何！

绸缪束刍，三星在隅。今夕何夕，见此邂逅。子兮子兮，如此邂逅何！

绸缪束楚，三星在户。今夕何夕，见此粲者。子兮子兮，如此粲者何！

今夕何夕，见此粲者，何等美妙之意境，"粲夸克"给人无穷的想象，中国的传统文化在物理学的世界里闪耀光芒。

还有一件有趣的事。

据说，在新粒子不断被发现，难以归入当时既有的理论框架之时，科学家们试图将粒子进行分类，1962年，著名的美国物理学家盖尔曼与以色列物理学家尼曼各自独立地提出了粒子分类的办法。他们把相近性质的粒子分成一个个的族，或是八个一族，或是十个一族，盖尔曼借用的是中国八卦的概念，称之为八重法。

也就是说，盖尔曼的八重法来自于中国的八卦。

正是经过八重法的分类，盖尔曼进一步发现粒子家族中本应存在的一个粒子，实验中却还没找到。两年之后，美国布鲁克海文国家实验室宣布发现了盖尔曼所预言的粒子，而且实验的结果完全符合他的预测。八重法因此轰动了整个物理学界。

这或许可以说，盖尔曼的发现里也藏有中国古人的智慧。

本来，科学与哲学、艺术有着密不可分的联系，盖尔曼就是一位喜爱文学、喜爱大自然和鸟类的科学家。之前有一次，他在给粒子家族琢磨取名时，恰巧正在阅读作家乔伊斯写的小说《芬尼根的守灵夜》，其中提到苏格兰的一种鸟，会发出"quark"的叫声，意趣很高的盖尔曼一时灵感冲动，由此决定将这个更深层次的基本粒子称为"夸克"。

还有一次，盖尔曼与科学家弗里奇在一家冰淇淋店里小坐，他们聊到了夸克和轻子，谈及如何将这二者加以区分。他们聊着聊着，眼前一亮，面对眼前的美食想到了一个有趣的办法：冰淇淋有巧克力、草莓不同味道，他们便设想用"味道"来区分不同的夸克和轻子，质量小的粒子叫作"轻味"，质量大的粒子叫作"重味"。这办法后来得到公认。

在乔治·约翰逊撰写的《奇异之美——盖尔曼传》中，作者描述道："我一直在思考，我究竟有多么喜欢这位才华横溢、性格复杂、总是充满活力又经常让人恼怒的老人。"

默里·盖尔曼是15岁进入耶鲁大学，22岁获得麻省理工学院博士学位的神童，23岁为基本粒子引入了一个新的量子数——奇异数，从而引发了一场物理学革命。他第一个指出所有物质由更基本的单元——"夸克"构成，这些贡献极大地推动了人类对微观世界的了解，盖尔曼也因此获得1969年诺贝尔物理学奖。

这位物理学家沉溺于几乎所有事情——古代历史、考古学、语言学、野外生态学、鸟类学、钱币学以及法国烹饪和中国烹饪，他常带着朋友到中国餐馆就餐，用听起来还过得去的汉语点菜，他在唐人街上闲逛，大声读出那些中文招牌的店名。

　　这些有趣的事情让人想到，世界文明原本就是全人类共同创造的。东方文化与西方文化在哲学、美学、科学、音乐绘画等领域里相互碰撞又相互交融，奏响一曲曲婉转动人的歌谣。

　　今夕何夕，见此粲者，人们仰望星空，为浩瀚无垠的天际那些小行星命名，中国古代和现代科学家的名字引人注目。以中国古代科学家命名的小行星包括张衡、祖冲之、郭守敬、沈括等。1990年，为表彰旅美著名物理学家吴健雄的杰出贡献，紫金山天文台将该台发现的编号为"2752"的小行星命名为"吴健雄星"。此后，一批小行星陆续以当代杰出科学家，如物理学家杨振宁、李政道、周光召，数学家陈景润，杂交水稻专家袁隆平等命名。2016年1月，又有以五位中国科学家名字命名小行星的仪式举行，屠呦呦、谢家麟、吴良镛、郑哲敏、张存浩的名字从此被写入浩渺的星空。

　　一片粲然。

第四章

Chapter Four

一、我们都从河边过

人们很快感受到惊喜，北京正负电子对撞机的建设，不但推动了中国高能物理及相关领域的基础研究，还有力地带动了中国相关高技术产业的发展，促进了中国计算机网络、探测技术、医用加速器、辐照加速器和工业CT等产业的技术进步，产生了巨大的经济和社会效益，直接服务于经济社会发展和人民生活。

今天的人们难以想象，如果离开了计算机和互联网，将如何工作与生活？世界已经进入智能时代，远在天边近在咫尺，人们可以随时利用通信、视频等掌握世界信息，近则可以智能控制家里的门锁、电器的开关……远则可与大洋彼岸的人儿对话交流，可以看清她掌上的那颗痣，感受她的一颦一笑……互联网改变了世界，也改变了中国。但人们可曾知道，中国互联网第一个接入点在哪里？是谁发出了第一封电子邮件？中国第一条国际计算机联网专线开通又从何而来？

毫无疑问，这一切都因北京正负电子对撞机的建造而开端。

正是缘于北京正负电子对撞机和北京谱仪的建造、成功运行到正式采集物理实验数据，缘于当时国际高能物理领域的广泛合作，在欧洲核子研究中心斯坦伯格教授的支持下，中科院高能所当年成立了创建网络通信的专门工作小组。1986年8月25日11点11分24秒，在北京710所的IBM-PC上，高能所科研人员吴为民向瑞士的斯坦伯格教授发出了中国第一封电子邮件（E-mail）。

那位在键盘上轻轻一点的年轻人，当时可能没有想到，就是他这一点，意味着中国迎来了一个新的科技时代。

世界变得如此奇妙。

1988年7月，高能所完成了由所内到欧洲核子研究组织的X.25网的连接，首次在我国实现了X.25网的引入及其电子邮箱、远程登录和文件传输等应用服务，支持了当时高能物理国际合作组的研究工作。在中科院高能所的有关记载里，人们可以读到：

由于最初计算机通信网络通信速度很慢，费用也十分昂贵。科研人员不断尝试完善和拓展通信网络。1988年7月，高能所克服设备（软件和硬件）、资金等困难，完成了从所内到欧洲核子研究组织的X.25网的远程连接，首次在我国实现了X.25网的引入及其E-mail、远程登录和文件传输等的应用服务。1988年，实现与欧洲及北美地区的E-mail通讯。1989年末，中国的X.25网络正式建成，网络名称为CNPAC（即"CHINAPAC"）。高能所作为第一批用户进入CHINAPAC，科研人员及时更新了网络连接链路，使线路工作状态更加稳定，支持当时各国际合作组与国外合作开展工作。

当时，高能所与美国斯坦福直线加速器中心的合作已进入共享北京谱仪物理实验数据的阶段，迫切需要远程、快速传输大量高质量的数据，而当时国内的远程通信技术尚无法满足这一要求。经过半年多的努力，1991年3月，高能所实现了与SLAC网络的连接，通过这种方式，使高能所能够进入世界范围的DECnet网络，加入美国ESnet、HEPnet，成为进入世界先进网络的国内计算机网络，可以使用世界性大型网络的各种资源。

完成远程直拨线路连接后，共享的网络资源大大拓展，但线路速度低且不稳定。当时，互联网在欧美国家已开始普及，联机数量超过100万台。Web技术在通信、资料检索等方面的巨大潜力开始显现，中国科学家亟待融入世界信息化的潮流之中。1991年10月的中美高能物理合作高层会谈中正式提出，建立一条从北京高能所到位于美国加州斯坦福直线加速器中心、速率为64千字节每秒的计算机联网专线，在北京接通互联网。在此期间，时任北京谱仪中美合作组首任负责人的沃尔特·托基(Walter Toki)教授为中国开通互联网做出了巨大的努力。

中科院高能所网络与国际互联网络的连通，迈出了中国与世界各地数百万台电脑共享信息和软件的第一步，缩短了我国与世界先进技术的距离，直接支持了国内各项重要的国际合作。中国从网络空间进入了地球村。

正如当年李政道先生谈到基础科学与应用科学、产业科学的关系时，所举的清水和鱼的关系。北京正负电子对撞机真的就好比一条大河，漫江碧透，鱼翔浅底，养育得鱼肥虾跳。

我在采访高能所副所长罗小安时，他谈到了科学管理，也谈到北京正负电子对撞机延伸的科学事业，他举了很多例子，其中有我们都曾经历过的那场令人惊慌的"非典型肺炎"——"SARS"。他说你知道吗？后来，"SARS"病毒的破解，跟我们北京正负电子对撞机"一机两用"有关。

我很惊讶。

记得当时这个突如其来的"SARS"在短短一周内肆虐全球，在中国，先是南方，后来是首都北京，出现了一例又一例，大有蔓延之趋势，所有来到北京出差返回原地的人，都会被暂时隔离起来，"北京人"一时成了最不受待见的代名词。学校停课，工厂、机关停业，街道上空空荡荡，全民皆兵，打一场消灭SARS的人民战争！但光靠板蓝根、消毒水是不能消灭这个人类从未发现过的病毒的，我国以及世界生命科学、医学界紧急动员，经过日夜奋战，在较短时间内发现了致病元凶为冠状病毒，并完成了其全基因组的测序。

罗小安说，研发出有效疫苗的关键之一是破解病毒的分子结构，我国生物学家饶子和团队的发现独占鳌头，他所利用的武器正是北京正负电子对撞机的"一机两用"——同步辐射光源。

我国的生物大分子晶体学研究起步于20世纪60年代中期，曾获得诸如猪胰岛素空间结构等重要成果，但后来却长期落后于国际发展潮流，其主要原因就是没有同步辐射生物大分子解析手段。生物学界早就梦想能有一个生物大分子实验站，但这需要一笔不小的投入。北京同步辐射光源的创始人冼鼎昌曾以愧疚之情说，我们欠生物学家一个情。

北京正负电子对撞机"一机两用"算是给生物学家们雪中送炭，就在SARS病毒亟待破解之时，对撞机第一个多极扭摆磁铁、引出的光束线和生物大分子实验站建成，并向用户开放，立即为解析SARS病毒主蛋白酶立了大功。

罗小安笑着说："那年饶子和教授的发现只是比美国科学家晚了那么一点点，如果再早一步，我国的生物学家就可能获大奖了。"

同步辐射的神奇作用极为广泛，比如高压下的世界，通过同步辐射光源的探查，高压就如魔术一样，会产生让人意想不到的物理化学现象，石头可以"开花"，绝缘体可以变成导体甚至超导体。再比如通过同步辐射对古化石的探查，得知贵州瓮安动物化石群来自5.8亿年前，是目前已知地球上最古老的多细胞动物化石。北京同步辐射光源成像研究团队协助古生物学家

陈均远教授，对这些化石进行了系统的形态学研究，成果得到
国际科学界评论：这些化石"将有可能向我们展现动物历史黎
明时期的全景"。

再比如，同步辐射对蜈蚣草奥秘的发现，找到有效的重金
属污染土壤修复技术。我国大量耕地受到污染，治理刻不容缓，
植物修复则是一种操作简单的低成本绿色修复手段。北京同步
辐射光源开发出一种用于活体植物样品的微束荧光分析技术，
证实了环境生物学家陈同斌发现的世界上第一种砷超富集植物
蜈蚣草，具备用于实地修复的可能性。

这太让人期待了。

要知道，我们每次进到超市，都在为选择什么样的大米、
食油、蔬菜而纠结，我们不知道种植那些作物的土壤里有没有
什么要命的东西，会害了我们的孩子。他们还都那么小，那么
无辜，怎么才能保护他们？拯救那些被污染的土地，就是在救
我们的孩子。

对撞机"一机两用"——同步辐射，谢谢你。

很多人都曾发问，对撞机跟老百姓有什么关系？不止一位
物理学家谦虚地回答说，对撞机跟老百姓没有直接关系，但是
对撞机的技术、强流、高频等有着非常广阔的用途。比如将质
子打到肿瘤细胞里边去，产生的生物效应比X射线、γ射线还强，
用于治疗癌症；再比如加速器产生的电子，辐照电缆可以提高
性能，辐照一些食物以后，可以延长其保质期，还可以消毒。

有些病毒，高温消不了，但很强的辐照可以消毒。

总之，对撞机派生出的技术不计其数，都与人们的日常生产和生活息息相关。

北京正负电子对撞机好比开掘出一条大河，人们免不了从河边蹚过，我们都喝到了那条河里的清水。

二、那天好大雪

2001年初，美国康奈尔大学实验室里走进三位中国科学家，他们是来自中科院高能所的所长陈和生、副所长李卫国和张闯，他们是为对撞机的改造工程而来的。

那天正下着好大的雪，天真冷，这三位住在康奈尔大学附近一家小旅馆里，早晨喝了一杯牛奶，吃了块面包，就急忙踏着雪走进了校园。

北京正负电子对撞机从1988年开始运行以来，就像一位劳苦功高的勇士，竭尽全力，战果辉煌，但机器跟人一样，都有一定的生命周期，对撞机也要时常加以修补，换换盔甲。科学家们管这个叫"升级改造"。1993年5月，中科院批准了对撞机和北京谱仪改进项目可行性研究的两个报告，1995—1998年进行了亮度升级。

转眼到了新世纪，千禧年带来吉祥，就在这一年的7月，鼓舞人心的消息传来，国家科技教育领导小组第七次会议通过提案，决定建BEPCⅡ，同时发展非加速器物理实验。

于是，BEPCⅡ即北京正负电子对撞机新一轮改造，在人们的热切关注下渐渐走近。关于这个话题，中国高能物理发展战略研讨已经进行多次，也就在这一年，80余名中外高能物理、加速器技术、高能天体物理等领域的研究人员集聚北京，就BEPCⅡ的物理目标、加速器技术及非加速器物理实验等方面的内容又进行了一次严肃的研讨。

会上气氛热烈而又紧张。

当着中央领导的面，科学家们各抒己见，为了坚持各自不同的方案，差点争红了脸。要说科学家就是有点"认死理"，不到长城非好汉，非得把自己的道理说清楚。事实上，从无数中外科学家的成功看来，没有这股子劲儿，不会是顶尖的科学家。

有的说北京谱仪已经是个"垂死的老太太"，改造不如重建；有的说要建就建个大的，拉到郊区去。担任所长已经快三年的陈和生耐心听取各方面的意见，他不能跟人红脸，但他有自己的主见，就是实事求是。

会后，陈和生继续组织精干力量对BEPCⅡ方案进行深入研究，基本确定了加速器改进的方案。当年，国务院科技教育领导小组原则上通过了《关于中国高能物理和先进加速器发展目标的汇报》，同意在北京正负电子对撞机取得成功的基础上，国家投入4亿元对该装置进行重大改造。

陈和生是中国第一个博士后。

陈和生是武汉人，1946年出生，1970年3月毕业于北京大学技术物理系。跟同时代毕业的大学生一样，他也下过农场，还当过几年中学老师，后来考上中科院高能所的研究生。随着改革开放，1984年5月在美国麻省理工学院取得物理学博士学位。回到中国后，在中科院高能所做博士后。这是中国根据李政道先生的建议，率先建立的第一个博士后流动站试点，陈和生幸运地成为中国第一位博士后研究人员。

在唐孝威先生领导的项目组中，陈和生实实在在从一线工作做起，积累了多方面的经验，并曾受教于丁肇中教授。丁教授很支持陈和生在北京的工作，专门提供了一台Micro-Vax Ⅱ计算机，相当于当时高能所最大一台计算机Vax785容量的60%，使陈和生能够在高能所进行L3实验的蒙特卡洛模拟和探测器的设计、优化工作。陈和生不负老师的期望，在参加Mark-J实验的过程中系统地发展了簇射计数器的刻度方法，提高了位置和能量分辨率，从而提高了能流测量精度，为三喷注事例的发现做出了贡献。

1998年，陈和生担任中科院高能所所长。此时中国科学院实施了知识创新工程，着力优化队伍结构，在全国率先实行了全员聘用制度，对博士后研究人员实行了相对灵活的项目聘用制度，"在编人员+流动人员"成为新型用人机制，博士后研究人员成为科技流动队伍的主体，也成为单位选人聘人的"蓄水池"，进一步激发了队伍的创新活力。

这天，在康奈尔大学的雪地上，身材高大的陈和生大步流星地走着，李卫国和张闯紧赶慢赶地跟在他身后。

国际物理学界一直沿用资源共享的传统，有什么重大的物理学问题都可以互相交流探讨，即使是"冷战"时期，世界各国也是如此，更何况中美之间已经有了很好的科技合作。所以，北京正负电子对撞机在连续工作了十几年之后，需要进行新的改造升级，便向国际上多方求证。陈和生一行来到康奈尔大学，主要就是针对下一步的改造方案，想详细了解对方的工作计划。这叫作知己知彼。

他们要见的是一位老熟人，美国加速器专家、康奈尔大学加速器所长梯格纳（M.Tigner）。梯格纳曾在李政道先生的引荐下，来中国工作过两年半，对北京正负电子对撞机的情况了如指掌。大家见了面，自然都很高兴，很快进入话题。

美国康奈尔大学有一台正负电子对撞机CESR，原先在5.6吉电子伏的束流能量下工作，他们也一直很关注北京对撞机所取得的大量成果，梯格纳说："祝贺你们的成果获奖。"

陈和生笑着说："您的消息真灵通。"

他知道梯格纳说的是"$\psi(2S)$粒子及粲夸克偶素物理的实验研究"获国家自然科学奖二等奖。此项研究应用北京谱仪采集的380万$\psi(2S)$数据样本，完成了包括$h_c(1S)$、$J/\psi(1S)$、$\psi(2S)$、$\chi_{c0}(1P)$、$\chi_{c1}(1P)$和$\chi_{c2}(1P)$6个粲偶素粒子在内的质量、总宽度、部分宽度以及衰变分支比等50余项重要参数的测量，还进行了

hc(2S)及hc(1P)等粒子的寻找。其中21项分支比数据属国际上首次测量，相当一部分数据已达当前国际最高精度。同时还指出了粒子数据表中涉及数据处理及数据引用的多处重要错误，建议和订正了15项ψ(2S)衰变数据。

以上结果使国际粲夸克偶素物理领域的数据面貌得到了明显改观。

陈和生也如实对梯格纳说："最近，北京谱仪控制室运行取数很顺利，从2000年11月初开始的本轮对撞机运行所获取的在线J/ψ强子事例马上就要达到2500万了，相当于离线分析强子事例2700万以上。加上2000年获取的2400万，就快要提前实现我们向国家科技教育领导小组承诺的两年获取5000万J/ψ事例的计划了。这样，北京谱仪就能拥有比世界上同能区对撞机上得到J/ψ总数的4倍还要多的J/ψ事例。"

梯格纳脸上显出按捺不住的激动，他站起身来，在陈和生一行面前走来走去，说："我们也打算做一些改造。"

接下来，梯格纳告诉他们，康奈尔大学实验室也计划把束流的能量降低到τ-粲能区工作（称为CESR-c），而且主要设计指标对撞亮度超过了BEPC，这正与陈和生一行带去的改进项目指标相同。也就是说，本来一池水，又来了个钓鱼的，明摆着是要与中国竞争来了。

这一说法印证了之前听到的"风声"。

陈和生与李卫国、张闯两人交换着眼神，看来，我们真是撞在枪口上了。

面对国际知名实验室和曾经创造了亮度世界纪录的对撞机的挑战，我们怎么办？是放弃改进计划，还是提高方案的竞争力？如果按照手里的方案，不是跟人家差不多？那怎么叫"一席之地"？这块地不是眼看着要被别人给占去了吗？

他们陷入紧张的考虑之中。

三、只有第一，没有第二

梯格纳看出他们的想法，脸色有些不快，说话也没先前那么热情了，大家有点不欢而散。

陈和生一行三人回到小旅馆，雪还在不停地下着，大家的心情跟窗外飘洒的雪花一样，悬在半空里。陈和生当晚拨通了在美国的李政道家里的电话。李先生早就知道他们来康奈尔大学了，电话一通，就关心地询问，谈的情况如何？陈和生说："没想到他们看准了我们对撞机工作的 τ -粲能区，也准备把束流的能量降低到这个区域来，而且主要设计指标对撞亮度超过了咱们。"

陈和生接着说到自己的想法，拟将原先对撞机的改造方案再做调整，从单环改为双环，亮度一定要超过康奈尔大学。但他还是有些担心，是否能竞争得过CESR-c？李政道在电话里不时询问又不时肯定，最后用英文说道："Life is interesting."

这句英文直译过来是"生活真有趣。"

显然，康奈尔大学实验室的改造方案竟然与北京对撞机的改造趋同，这让人始料不及，真是充满了戏剧性。

李政道建议，接受CESR-c的挑战。

相信能够战胜挑战。

陈和生与李卫国、张闯夜不能寐，李政道的鼓励给了他们信心，但接下来的困难是，如果改变方案，会有一系列的麻烦，一是要重新打报告经过各方批准；二是要增加一大笔经费，如何解决？三是技术上会增加更多的难关，又如何解决？

回国以后，陈和生立马召集全体工程人员开会，向大家详细报告了在美国的访问情况，又把将会遇到的难题如实作了具体分析。一石激起千层浪，大家在讨论中意识到，如果不改变方案，在国际物理科学的平台上，等于做着与别人雷同的研究，有何意义？在科学研究上，只有第一，没有第二，我们要让北京正负电子对撞机始终在世界高科技领域占有一席之地。

方守贤、叶铭汉、郑志鹏等人也都分别提出了自己的意见。

方守贤一直主张，BEPC在稳定、高效地运行一段时间后，为了适应世界高能物理的发展，继续保持BEPC在科学上的竞争力，必须尽早考虑到BEPC的下一步，他曾以此为题作过专门报告。视国家投资的强度，有大、中、小三种方案的可能性，根据当时国情，他主张采用"中"方案，即在BEPC原有的隧道内，对有关设备加以改造。进一步的研究表明，这样做可以使其亮度提高30倍左右，达到$3 \times 10^{32} \mathrm{cm}^{-2} \mathrm{s}^{-1}$。这样，可节省投资，总共只要花费约4亿元。但此时，美国康奈尔大学决定用在环中长直线节内安置大量扭摆器的办法，对其对撞机CESR-c进行改造，也可使亮度增加到$3 \times 10^{32} cm^{-2} s^{-1}$，即与北京对撞机二期改造的目标相同，且速度要快得多，这让中国人不得不另作打算。

在现有隧道内采用双环方案。

决心一下，办法就来了。陈和生想，不能再跟国家要太多的钱，如果经费增加得太多，项目的所有评审程序就得从头来过，势必要耽误很长时间。到那会儿，人家康奈尔早就建成了。于是，他们报告说单环改双环，但只是在原来4亿元的基础上，由国家增资1.4亿元，自筹1亿元，这样就能够尽快启动了。

研究过簇射计数器的刻度方法，参加过欧洲核子研究组织L3实验物理方案制定和探测器设计的陈和生，这会儿当起了"会计师"。他运筹帷幄、精打细算，把每一分钱都当作一颗螺丝钉，铆在最该用的地方。

二期改造的方案就这样决定下来，在参考国际先进的双环方案的基础上，根据"一机两用"的原则，采用独特的三环结构，将亮度提高到$10^{33} cm^{-2} s^{-1}$，满足了设计要求。这个方案得到了科学界的支持和国家的批准，于2004年初开工建设，称为北京正负电子对撞机重大改造工程，即BEPC Ⅱ。

大战在即，迅速组建了工程指挥班子。陈和生担任经理，张闯、李卫国任副经理，陈和生还聘请徐绍旺和章炎为顾问，充分听取他们的意见。BEPCⅡ工程建设时，章炎的副手黄开席担任总工程师，徐中雄、屈化民为副总工程师；总工艺师是刘培泉，林国平做他的副手；奚基伟担任总会计师；罗小安任工程办主任；裴国玺、马力、王贻芳、林国平分别担任注入器、储存环、谱仪和通用设施四个分总体的主任。这是一个老、中、青相结合的集体，承前启后。几年后，中国散裂中子源在东莞建设，陈和生担任总指挥兼工程经理，张闯和黄开席成了顾问，马力出任常务副经理，屈化民任总工程师，林国平任总工艺师，奚基伟任总会计师。科学工程的将帅就在这样的"大对撞"中脱颖而出、继往开来。

首战告捷，在工程建设的第一年，就完成了第一阶段直线加速器的改造，并用作新的注入器为改造前的储存环供束，提供同步辐射实验运行。

与BEPC相比，BEPCⅡ的指标更高、难度更大，同时使中国的科技能力和工业水平也有了长足的进步。如果说，20世纪80年代建造BEPC，依靠的是改革开放和实事求是、自力更生与艰苦奋斗，通过攻关和会战解决技术难题；20年后对撞机的重大改造工程，除了继续发扬团结拼搏的奉献精神、坚持实事求是的科学态度，还要遵循市场经济的规则和规律，依靠改革开放带来的工业发展和科技进步。

副经理李卫国是陈和生的好副手，他在工程中负责谱仪的设计、建设队伍的组织和谱仪的建造。他跟随陈和生走了一趟康奈尔大学，深知其味，陈和生提出要以变对变，应对康奈尔那边的计划，他是坚定的支持者。接下来面对一大堆麻烦和困扰，资金缺口大，技术人才不够，合作单位多，等等，李卫国默默地顶上去，分担这一切。

在一些项目协作和设备购置时，李卫国可是锱铢必较。有这么一台关键设备，是谱仪上的大型超导磁铁，属于单件特种设备，国外也只有极少数寡头掌握了这个设备研制技术，国内在这方面完全没有经验。通过调研和初步谈判，找到做过类似大型超导磁铁设备的两家日本公司、一家欧洲公司，依靠他们的话，系统整体造价要七千万元，超出工程预算很多。然后就不停地谈判，最后还通过招标手段，想把价格压下来。但是，投标时，国外公司还是没有降价，而且其中日本的一家公司给出的还是一种相对落后的技术方案。

怎么办？价格谈不下来，预算有限，李卫国和指挥部其他人商量决定，那就自己在国内干，风险再大，也得干。

下定决心之后，李卫国便开始组织队伍，给年轻人委以重任，整合国内的力量，再满世界找合作伙伴。他们找来了国内做过小型超导磁体的老专家，还找到了一家美籍华人超导专家的技术公司来做顾问。

工程指挥部冒着极大的风险，精心组织队伍，把这个事干成了，只花了两千多万元。不止节省了经费，而且跨越式地掌握和发展了该项技术，培养了一支专业技术队伍。

二期改造可算是脱胎换骨，很多要做的工作就跟20世纪80年代对撞机初建时期一样，千头万绪，一大收获是又考验、培养了一批新的科技领导和科技人才。

工程指挥部制定了严格的质量保证体系、进度控制规范及经费管理制度，通过招投标和协议、合同等，在降低造价的同时，确保质量和进度。这一部分的工作正是刚到中科院高能所的年轻科学家罗小安倾心投入的。

罗小安毕业于清华大学，本是学技术的，但既然被安排到管理岗位上，他就动开了脑子，将科学的严密逻辑用于管理层面，制订出了一整套管理体系。

这套办法后来被广泛使用，一直到如今。很多外单位都跟中科院高能所讨要，说："这个手册好使。"

2004年4月，北京正负电子对撞机重大改造工程开始了第一阶段的设备安装工作。当年11月19日16时41分，在直线加速器控制室的示波器上，清晰地得到了直线加速器出口处的电子束流信号。经测算：流强为2安培以上。

这个信号的获取，标志着北京正负电子对撞机重大改造工程直线加速器的改进工作取得了一个重要的阶段性成果。北京正负电子对撞机的对撞亮度将是美国同类装置的3—7倍，对研究体积只有原子核的百万分之一的夸克粒子等基础科研具有重要意义。

四、金花漂移

在漂移室工作的大多数是女同胞，人们将漂移室的工作称为"金花漂移"。当年负责漂移的一位"金花"在艰苦的拉丝结束之后，欣喜难抑，信手写下了一篇文章：

漂移室拉丝终于结束了！比我原来的计划提前了一个半月！

这是一个值得高兴的日子。至少我们不用再值夜班了，不过晚班还得值。漂移室的试验、加工、拉丝等工作的完成，是大家两年多来辛苦努力的结果。在大家认真、精心和细致的呵护下，漂移室的建造工作得以顺利进行。

金花们干的主要工作为"拉丝"，也就是将那3万根信号丝和场丝一根一根地穿过面板孔和定位子，再从另一端穿出，固定好。镀金的钨丝，也就是电极丝，位置很重要，每一根丝走的位置，决定粒子的走向和位置。加工很难，需要人工从这头拉到那头，不能松了，松了以后会耷拉下来；又不能太紧，紧了以后会断。

那丝可真细啊，细到什么程度呢？三根加起来也没有一根头发丝粗。

身穿白衣白裤、头戴白帽的金花们，用她们的巧手轻捻金丝，那些钨丝或铝丝，金光闪闪的，柔软而又坚韧，看上去密密麻麻的数不清，可是金花们必须一根根心中有数，错半根也不行。真数不清的是，大家曾经连续熬过多少个夜晚？

每天就这么拉啊拉啊，如同纺织，如同绣花，要的是心细手巧。绣花可以看见花儿在手中开放，蝴蝶飞过，纺织可以看见布匹如流水淌过，而这拉丝只能站在圆柱形的漂移室超净间内，单调地重复手上的动作。穿着不透气的连体洁净服，时间一长就会感觉憋气。有一天，一位金花干着干着就突然晕倒了。大家赶紧把她抬到风淋室躺下，待她稍好后劝她回去休息，可她不肯，又坚持回去接着干。

金花们自从进了漂移室，就忘记了周末、节假日，也忘记了正常的下班时间。没人请过一天假。"五一"节前，一位新来的大学生终于憋不住发了火："我不干了！"

姑娘眼泪汪汪的。金花们无言地看着她，知道年轻人那是累的，也是急的。未婚的小姑娘多么想开心地玩一玩，轻松一下。老大姐走过去搂住她的肩膀，说："行，你累了就歇一歇吧。给你放假。"

"那你们呢？你们不放假？"

金花们互相看看，摇头。这拉丝是个细活，心急吃不了热豆腐，可工程紧迫，进度一点都不能放松啊。姑娘平静下来，抬起头来说："那我也不休息了。"

这位写文章的金花，是一位老大姐，也是小组的负责人，她每天都像一个严厉的教官，绷着脸，眼睛瞪得大大的，要保证进度完成。遇到难关了，一啃半天过不去，大家心急火燎，这时她反倒会安慰大家，不急，咱们慢慢分析。一分析常常就到半夜。

有一对夫妻，妻子在拉丝加夜班，丈夫在家里带孩子，看看都过12点了，丈夫从家里赶了过来，凑到机房门口问："能走了吗？"妻子一见惊道："你怎么来了？孩子呢？"丈夫说："我这不是担心你吗，都什么时候了？我把孩子哄睡了，赶紧开着车来的。"

金花们说："走吧走吧，你们俩快回去！家里孩子醒了怎么办？"看着他们离开，大姐不由感到一阵内疚：为了漂移室，我们还得把家属赔上。

老大姐每晚走在最后，她要将拉好的丝一一进行检查，然后记录下来，填好换丝单。科学工程说起来神秘，但在制作安装的过程中，却是极为琐碎单调的。拉丝，工人的培训和管理，布丝机的调整，预应力杆的卸载，定位子的保障，清洁间的运行，丝张力的测量，等等，都得做到井然有序。拉过的每一根丝，是谁拉的，都有名有姓，要经过再三检查，稍有不合格，就得换丝。

第二天早上开工前，金花们都会在清洁间里换装，这时只要老大姐一出现，金花们就会围上去，七嘴八舌地问："谁拉的丝要换？"

一个个眼巴巴地等着她回答，念到谁的名字，谁就会有一阵沮丧，没有被念到的，则是一阵欣喜。最希望的是谁也没被念到。这说明，昨天的工作全部合格，金花们会兴奋地小小雀跃。

在进入漂移室的小厅里挂着一条标语："细节决定成败"，挂的人很细心，将标语的位置确定在人们走进门厅就能一眼看见的地方。大姐强调说："大家一定要注意细节，有了差错就要找出原因，避免再次失误。"

"你们不要嫌我啰唆。"她说。

对撞机和北京谱仪的建造过程，是越往后期越艰难，前面建造过程中出现的问题，相对来说返工要容易一些，越到后面出问题越难解决，一个小细节就有可能让好不容易完成的安装功亏一篑。

金花们相互提醒。

在后来的回忆中，那位金花写道：

我们的年轻学生在漂移室的建造过程中，素质上有了很大的提高，我认为这也是漂移室的一大成绩。习惯和素质的培养是需要时间的。制度是一种保证，但关键是自己的认识。

下面漂移室进入全面测量阶段。我在年前对大家说过，漂移室的测量阶段由朱启明负责，宇宙线的测量由刘建北负责。具体的工作安排由他们制定。

BESⅢ工程的CPM计划进行了调整……我们要提前做好准备：漂移室安装工装的合同；清洁间的长期保证运行；宇宙线试验的气体；漂移室从布丝机里取出，等等（大家都清理一下），要与合作单位认真协商，做好计划，不要因为时间充裕反而误了事。

拉完丝后请大家吃饭（室领导请的），具体时间到时我会通知的。

我打字很慢，想到哪就写到哪，这里只是一时的兴起，不对之处请大家指证。一下子打了一大篇，很有成就感。

从她家常似的、甚至有些唠叨的文字里，可以看出她兴奋的心情，那是千辛万苦之后的甘甜，是翻越险峰之后的如释重负，也是女人家忍不住的得意。

拉丝完成之后的漂移室金碧辉煌，在灯光的映射下，就像一把椭圆的竖琴，细密的琴弦似乎随时都能发出振动，化作动人的音乐。没有什么比这更让金花们陶醉的了。

金花们的付出深深地留在了人们心里。

后来，她们被评为"高能所巾帼建功先进集体"，在中科院高能所网站的一篇报道中，可以见到如下生动的记述：

有一种感动叫平凡

——记中科院高能所实验物理中心漂移室组的"金花们"

2007年11月6日是个值得庆祝的日子,BESⅢ的一个标志性的重要里程碑,BESⅢ探测器的心脏——漂移室成功地在谱仪安装就位。在热闹欢庆的谱仪大厅现场,众人举杯,欢歌笑语,这其中漂移室组的姐妹们笑得最灿烂。

漂移室组是我国重要的高能物理实验研究基地——高能物理研究所实验物理中心的硬件组,承担着北京正负电子对撞机重大改造工程中北京谱仪(BESⅢ)的主漂移室的设计和建造。主漂移室是北京谱仪的核心探测器,包括2米长的外筒和内筒,两个端面板以及大约2万根110微米镀金铝丝和7千根25微米镀金钨丝,设计复杂,加工难度高,加工周期长,工装精度要求50微米,镀金铝丝精度25微米,造价高达2千万元。在漂移室组,女同胞占了60%,被大家称为"十朵金花"的女同胞为这个团队亮起了一道绚丽的风景线。

"十朵金花"中最受人尊重的是刘荣光,她在高能所参加了4代漂移室的建造,将积累的宝贵经验毫无保留地传授给年轻人。漂移室制造过程中出差任务繁重,刘荣光从来就是背包一提,随叫随到。她的工作劲头看不出来已经是年过60岁的人了,她为漂移室的建造立下了汗马功劳。

金艳也是历经了4个漂移室的建造,当年跟着漂移室组里老同志干活的小姑娘,如今已经是成熟稳当、经验丰富的老大姐了。她做事认真细致，性情温和但坚持原则。她负责漂移室上万个定位子的检测及清洁间的建造，大家都放心。

王岚是受全组人尊敬的另一位老大姐，她负责漂移室的拉丝。王大姐任劳任怨，在她的带领下，拉丝任务提前55天完成。

唐晓1984年大学毕业分配到高能所就直接参加了北京正负电子对撞机的工程建设。她在多年的工程设计中得到了锻炼和提高，负责漂移室拉丝机研制项目和漂移室预应力的任务。她富有朝气和创造力，工作雷厉风行，从不拖拉，确保布丝机按时保质交付使用。

黄杰是组里的中年骨干，负责漂移室的密封系统。她思路清晰，踏踏实实。与她同龄的张建也是一位不可多得的骨干，心灵手巧，勤于思考，负责拉丝领班，提出了很多好的建议。

马骁妍2000年研究生毕业来到组里就承担起漂移室机械设计的重任。在小马欣慰笑容的背后，牺牲了她与家人多少次的团聚，埋藏着她对儿子的深深愧疚。

徐美杭2003年大学毕业来到组里，一直伴随着漂移室的建造。她负责高压系统，不以自己是新人而放松对自己的要求，她勤学多问，肯吃苦，尊重同事，组里人都喜欢她。

伍灵慧博士毕业，后来又在做博士后研究。她人如其名，智慧又有灵气。她负责漂移室物理单元设计计算，怀着对职业的真诚和对工作的热爱，勤恳做事，踏实做人，一份执着，一行脚印。

张桂芳师傅是组里返聘的工人，她默默承担着组里所有的零碎加工活。她的工作是平凡的，但在平凡中构筑了伟大。

漂移室组有着良好的团队精神，女同胞们格外团结，彼此尊重，注重合作。她们在家里，为人妻，为人母，油盐酱醋、锅碗瓢盆，件件不得马虎。作为女人，她们比男子要多付出三分的汗水，五分的勇气，十分的毅力，十二分的艰辛。

"十朵金花"多才多艺，刘荣光做得一手正宗川菜，每逢姐妹们过生日聚会，她都亲自掌勺。张桂芳也经常拿出她的看家本领，做冰糖花生粘犒劳大家。她们能歌善舞，多次活跃在高能所的文化大舞台上，在运动场上也是竞技高手。她们在平凡岗位上执着奉献，把简单的生活过得有滋有味。

她们的这种生活态度决定了人生的高度，展现了女性的美丽。

"要留下金花们的姓名。"

这话是现任高能所所长王贻芳后来叮嘱过的。可见这些从事看似平凡劳动的金花们在人们心目中的位置。

时光带不走记忆，在北京正负电子对撞机的建造和二期改造中用心血和汗水倾力付出过的金花们会一生为此自豪。她们如今仍然保持着当年的活力，有的继续工作在不同的岗位上，并成为骨干；有的即使退休也初心不变，对生活充满了热情。漂移，拉丝，她们心中永远会弹奏起那把美妙的竖琴。

五、见证奇迹

陈和生的另一位副手张闯，干着干着倒下了。

2005年初，正是在二期改造最紧张的阶段，副所长张闯突然病了，送到医院一检查，发现腹部有一个直径约10厘米的大肿瘤，造成肠梗阻，必须立即住院治疗。就像战士离开了战场，张闯在病床上焦急万分，心里甭提有多难受了。3天内就完成了手术，20天后他出了院，一边做化疗，一边上班，在完成6个疗程的化疗后就重返了对撞机建设工作岗位。

跟他的名字一样，这是一位充满梦想和激情，敢闯敢干的科学勇士。

张闯从小热爱科学，如愿考取了清华大学。但踏进清华园，到工程物理系报到时，在新生的名单中却怎么也找不到自己的名字，他急得快要哭了。后来才发现自己走错了地方，到了另一个系的新生报到处。他太激动了。

进校之后，工程物理系组织新生参观实验室，他看到实验大厅里的一台高大的高压倍增器，还有师生们研制的电子回旋加速器等，心里不禁萌生了对于粒子加速器的浓厚兴趣。到三年级分专业时，他就填报了加速器专业。加速器教研室主任刘乃泉老师给讲了专业教育的第一堂课，拿出一摞精装的英文书，指着书上的图片，说这是美国的、欧洲的，还有苏联的加速器。张闯和同学们一个个看得心情激荡，心想要是有一天，我们能亲手建造属于中国的高能加速器，那该多好啊。

张闯在清华大学学的就是加速器专业，但"文革"时却被分配到了辽宁北票煤矿挖煤，在井下一挖就是三年。他性格爽朗、热情，干活儿舍得卖力，跟工人们相处得甚是融洽。师傅们听说他学的是核物理，打趣说："等这里的煤挖完了，没准就搞地下核试验，还真能用得上你学的知识哩！"

后来他在北票煤矿中学教了一年体育课，又调到矿务局生产处当技术员，虽然真的不敢想有一天还能再干回自己所钟爱的专业，但心里对那一片天空总是恋恋不舍。有一次去北京开会，他忍不住去母校清华拜访了工程物理系主任张礼教授。谈话之间，张教授兴奋地说："周总理有批示，高能物理要上，学校已把加速器专业毕业的同学推荐给了高能所。"一听此话，张闯"嗖"地从椅子上站了起来，"咱们中国也要建加速器了？"张教授说："你不想去试一试？现在缺人才。"

张闯当下就急急赶到中关村的高能物理所，他不认识任何人，进门直接找到人事处，开门见山诉说自己所学的专业，还有对高能加速器的向往。没想到当年他就收到了中科院高能所的调令。北票煤矿的工人们都替他高兴，说你这个大学生终于要派上用场了。到了北京他才知道，同期到高能所的还有一批与他有着类似经历的年轻人，他们经受磨炼又满怀豪情，从祖国的四面八方汇聚到高能所，在老一辈科学家的带领下，开始踏上北京对撞机建造的艰辛历程。

张闯参与最早的是"七五三工程"，也就是对撞机"七下八上"之一，在玉泉路基地开展高能加速器的预制研究和设计。他记得，当时玉泉路园区几乎没有实验室，用于设计的只是一台分立元件的320计算机。从主楼到图书馆的路上尘土飞扬，下雨天更是泥泞难行，人称"扬灰路"。许多新到所的专家没有住房，一个个都住在物理楼的地下室里。

"科学有险阻，苦战能过关"，这是当时流行的口号。

大家一边拼命学习，一边夜以继日地工作。说起来，参与加速器设计的大多数人可都从来没见过加速器，在当时十分简陋的条件下，只能边学边干。白天讨论和准备，晚上到计算机房计算，调整一个数据，就要在输入纸带上改很长时间。所里组织的一班人在北纬饭店进行联合设计，大家一个个白天黑夜就在那度过。

在老科学家的带领下，这帮年轻人终于完成了40吉电子伏质子同步加速器的初步设计。随后的几年里，先是建成了"三厅（直线加速器、磁铁和探测器等）一厂（实验工厂）"，又建造了第一块磁铁和第一台电源等加速器设备的样机，为北京正负电子对撞机的问世吹响了漂亮的前奏。1984年BEPC工程正式奠基以后，张闯和他的同事们更是满怀激情地投入到建设中。张闯深深懂得，人生难得几次搏，每一天的努力，或许都意味着朝梦想又前行了一步。

1992年8月，张闯代表对撞机团队在第15届国际高能加速器会议的闭幕式上作特邀报告。他走上高高的讲台，在报告的结尾动情地说："北京正负电子对撞机的成功，表明有着古代四大发明的民族，有能力建造诸如加速器和探测器这样的高技术装置。"

会后，许多国外科学家上前来向他表示祝贺，那一刻，张闯深深感受到祖国强盛和科技发展的巨大国际影响。他是个总爱脸上带笑的人，在煤矿里挖煤时他也这样，身患重病面对死亡时他还这样，但那会儿，他的眼眶湿润了。他为他的祖国和科学事业，忍不住淌下热泪。

2004年开工建设的北京正负电子对撞机重大改造工程，张闯再度参与，并担任了工程副经理，配合高能所所长兼经理陈和生的工作。此时他已经算是沙场老将，深谙其道，非常赞同"一机两用"的设计原则，采用独特的三环结构，满足了高能物理实验和同步辐射应用的要求。

怀着这样的心情，张闯他怎么能在病床上躺得下去呢？他以坚强的意志配合医生的治疗，很快战胜了疾病，又激情饱满地返回到二期改造的第一线。

对撞机建成并达到设计指标，成为一台在 τ -粲能区国际领先的高能加速器和高性能的同步辐射装置，并获得一批国际领先的成果。令张闯和他的同事们感到十分骄傲的是，在国际权威的粒子数据表上有500多项数据是北京谱仪合作组在对撞机上测定的。北京同步辐射装置作为多学科的大型公共实验平台，每年向来自全国的数百个研究所和高等院校用户开放，取得了包括若干重要蛋白质结构测定在内的许多科研成果。

2009年以来，北京谱仪（BESⅢ）国际合作组在高亮度的北京正负电子对撞机上，获取了粲能区共振峰上全球最大的数据样本，取得了许多重要的物理成果。其中，四夸克粒子的发现，被美国物理学会评选为2013年国际物理领域11项重要成果之首。

这些，在张闯说来，都如数家珍。

张闯是一位忠实的见证者，他充满感情地谈到对撞机的诞生及改造升级，谈到过去、现在和未来。从他的谈话中，我能感觉到他早已将高能所和物理科学视为自己的家，这个家所发生的每一点变化无时不在他心头萦绕。

他说，对撞机改造之后，也就是在BEPC和BEPCⅡ的基础上，高能所继续向更高的目标前进，正在大力建设中国散裂中子源，积极开展加速器驱动核废料嬗变系统的研究，并计划建造北京先进光源，在粒子加速器的国际合作中发挥重要作用。

就在采访他之后的一天晚上，张闯先生发来一条微信：

"清明时期，BEPC Ⅱ 加紧调束，亮度（这是对撞机最重要的一项指标，表征其获取粒子事例的效率）屡创新高。从今天凌晨起，对撞亮度持续超过 $9 \times 10^{32} \mathrm{cm}^{-2} \mathrm{s}^{-1}$，且束流稳定，最高达到 $9.50 \times 10^{32} \mathrm{cm}^{-2} \mathrm{s}^{-1}$。王贻芳所长、潘卫民书记等所领导来到对撞机的控制室，开香槟和葡萄酒表示祝贺。这将是又一个不眠之夜，研究人员云集控制室，正在向 $1 \times 10^{33} \mathrm{cm}^{-2} \mathrm{s}^{-1}$ 的设计目标冲击，全所凝神屏息，等待着胜利的消息……"

一会儿，又发来一条："多年没有这样熬夜调束了，仿佛回到了年轻的时候……"

兴奋和喜悦之情溢于言表。

果然，第二天在高能所的微信公众号里，我看到了高能所庆祝对撞亮度达到 $1 \times 10^{33} \mathrm{cm}^{-2} \mathrm{s}^{-1}$ 的报道。

他又一次见证了科学的奇迹。

张闯先生是一位科学家，同时也擅长写作。他写过好些文章，如《高能所使我梦想成真》《心中的科学院，心中的对撞机》《深切缅怀谢家麟先生》等，关于粲夸克一词翻译的故事，就是他告诉我的。

六、康奈尔大学来信

梯格纳先生没有想到中国人会这么快。

虽然是改造，但从单环变为双环，要建造超导高频腔、新一代正电子源、对撞区、超导磁铁及电源、主漂移室、晶体量能器和带前室的真空盒等设备，研制和加工要求较之先前更为精深。又是一个与数百家生产单位大力协同，共同提高技术水平的过程。谈何容易啊，但中国的物理学家们做到了。

2004年4月30日8:00，人们牢记着这个日子。北京正负电子对撞机正式结束对撞运行，标志着BEPC/BES胜利结束实验任务。中科院高能所举行了庆祝BEPC圆满完成任务暨BEPCⅡ设备安装仪式大会，时任中科院副院长、BEPCⅡ项目管理委员会主任白春礼主持会议。

第二年，北京正负电子对撞机国家实验室用户中心正式成立，大家尊敬的杨振宁先生和中科院基础局局长张杰院士出席仪式并为用户中心揭牌。杨振宁满面笑容，与老朋友们一一握手，相见甚欢。

为了加快工程建设进度，满足国内外广大用户开展实验工作的需求，高能所在BEPC Ⅱ的建设中，采取了设备研制与BEPC同时运行，旧设备拆除与新设备安装，BES Ⅲ 探测器离线组装与加速器在线调束，加速器与探测器联合调束运行等任务交叉进行、分阶段实施的创新性工作方式。根据工程进展的具体情况科学管理，精心安排了三个阶段的调束和同步辐射开放运行与高能物理实验取数。

也就是，一边改造，一边仍在运行。

接下来是一个个激动人心的时刻：

2006年9月19日，BEPC Ⅱ中的大型粒子探测器北京谱仪 Ⅲ（BES Ⅲ）超导磁铁成功励磁到1万高斯，是地球磁场的2万倍，电流强度达到3368安培，最大储能达到1000万焦耳。测试结果显示，其主要性能达到设计指标。它的研制成功标志着中国超导技术的巨大进步，是BEPC Ⅱ建设的重要里程碑。

BES Ⅲ超导磁铁是北京谱仪的关键部件之一，为北京谱仪提供大口径、高强度的均匀磁场。主要包括超导线圈、低温恒温器、冷物质及电磁力悬挂支撑结构和阀箱等，采用国际主流的单层线圈内绕工艺，强迫氦两相流冷却技术，通过专门设计的阀箱与氦制冷机相连接，实现远距离控制。

BES Ⅲ超导磁铁是中科院高能所研制的目前中国单体最大的超导磁铁。

　　研制工作自2003年开始，历时3年，工程技术人员在解决了大口径超导磁铁绕制技术、绝缘固化工艺、间接冷却技术、专用电流引线等关键技术问题后，磁铁达到稳定运行状态。中国是继欧美、日本之后可以进行此种大型探测器超导磁铁研制的国家。

　　2009年5月13日凌晨，BEPC Ⅱ的对撞亮度在1.89吉电子伏能量下达到$3.01 \times 10^{32} \text{cm}^{-2}\text{s}^{-1}$，胜利达到亮度的验收指标。此前，BEPC Ⅱ工程的直线加速器、探测器和同步辐射专用光运行均已达到设计指标。

　　至此，历时5年、耗资6.4亿元的北京正负电子对撞机重大改造工程圆满完成。

　　记者们蜂拥而至，中科院高能所所长、北京正负电子对撞机重大改造工程经理陈和生面对媒体记者，神色欣喜。他有理由骄傲地告诉记者，中科院组织有关专家已对BEPC Ⅱ的储存环性能进行了工艺测试，担任专家组组长的是中国科学技术大学何多慧院士，现场测试结果表明BEPC Ⅱ的主要性能——亮度达到$3.2 \times 10^{32} \text{cm}^{-2}\text{s}^{-1}$，超过了验收指标。

　　北京正负电子对撞机工程国家竣工验收报告表明："工程的建成，将我国对撞机和谱仪技术推进到国际前沿，得到了国际高能物理界的高度评价，是中国高能物理发展的又一个重大的里程碑。"

　　BEPC Ⅱ成功完成，并使对撞机性能迅速达到设计指标，调束水平和速度都达到国际先进水准，亮度大大超过了CESR-c，在粲能区处于国际领先地位。这消息让美国人大为吃惊，并迅速做出反应。梯格纳与他的同事们向中国的物理学家们表示祝贺。

接着不久，康奈尔大学加速器的负责人赖斯教授发来一封重要的邮件：

"CLEO-c将终止运行，我们期待来自BES Ⅲ的一系列重要的物理发现。"

美国科学家接受了眼前的事实：

在北京正负电子对撞机改造成功，并连连取得成果的情况下，CLEO-c——康奈尔大学的对撞机失去了存在的意义。这所建于1865年的百年名牌大学，素以研究型大学之名享誉全球，共有54位康奈尔大学的校友或教职工曾荣获诺贝尔奖。但这时他们却不得不遗憾地宣告："CLEO-c 将终止运行。"

现在，这样的平台将由中国人来维护和坚守。

知名的美国高能物理杂志《对称性》（*Symmetry*）上曾有一篇署名文章中写道："美国科学家正成群结队地赶到北京正负电子对撞机上去，其重大改造的成功使之成为研究粲夸克及其家族最主要的场所。"

这是中国在世界高科技领域占有的一席之地。

BEPC Ⅱ建成后立即投入使用，实现了稳定、高效和高水平的运行，成为在 τ -粲物理领域国际领先的对撞机和高性能同步辐射装置。以中方为主的BES Ⅲ大型国际合作组，在粲能区的共振峰上采集的世界上最大的数据样本，在粒子物理的高精度前沿取得了一批重要成果。北京同步辐射装置（BSRF）成为我国北方重要的同步辐射实验基地，为国内外数百家用户单位在专用和兼用模式下提供同步辐射光，取得了许多重要研究成果。

几年之后。

2016年4月5日，BEPC Ⅱ 的对撞亮度达到$1 \times 10^{33} \mathrm{cm}^{-2} \mathrm{s}^{-1}$，远远超越验收指标，达到了其设计指标，比改造前提高100多倍，是这个能量区域里美国康奈尔大学的加速器CESR曾创下的前世界纪录的14倍。

七、触类旁通

中国科学院院士、中科院高能所现任所长王贻芳，是大家的骄傲。

王贻芳先后参与设计和领导完成了BEPC II 上的北京谱仪BES III 的研制、运行和物理研究。同时开创了我国中微子实验研究，提出了大亚湾反应堆中微子实验方案，并率领团队完成了实验的设计、研制、运行和物理研究。因在粒子物理实验领域的突出贡献，他被评为2012年"十佳全国优秀科技工作者"，荣获第六届周光召基金基础科学奖、2013年何梁何利基金科技进步奖、2014年潘诺夫斯基实验粒子物理学奖、2015年第20届日经亚洲奖和2016年基础科学突破奖等，为中国物理学家赢得了荣誉。

人才培养，从20世纪70年代后期就开始呼吁，到如今，眼见着新一代科学家龙腾虎跃，连创佳绩，老一辈的科学家们真是打心眼里欣慰和自豪。粗略统计一下，北京正负电子对撞机从上马到现在，培养出博士研究生上千名，技术人才更是如雨后春笋。目前，上海同步辐射光源、大亚湾反应堆中微子实验、中国散裂中子源、江门中微子实验等物理项目都是从北京正负电子对撞机这个大平台拉出的队伍。人们都说，大亚湾只用了几年时间就建成运行并取得成果，就是因为有了人才储备。

王贻芳就是其中的杰出代表。

1963年出生于南京的王贻芳，家住清凉山汉中门一带，小学、中学全都是就近入学，没经历过考名校的折磨，顺利考入大学但成绩并未名列前茅，甚至没给自己做过职业生涯规划。1984年考入南京大学物理系，本科毕业时幸运地赶上了丁肇中教授面向全国招收高能物理研究生，王贻芳经南京大学物理系推荐，通过考核，成为丁肇中的弟子。

他在丁先生的指导下学习研究粒子物理，为他以后从事中微子研究打下了坚实的基础。1991年获得意大利佛罗伦萨大学博士学位，后来在美国麻省理工学院、斯坦福大学等知名大学工作，但最终他选择了回国。

当有人问他为什么放弃优厚的待遇回到国内时，王贻芳没有豪言壮语，却说："国外有我不多，多一个少一个都没什么，国内却还需要人做事，我回来就是做事来了。"

时任中科院高能所所长陈和生早在丁肇中的实验室里就与王贻芳相熟，也曾热心动员他回国。王贻芳2000年入选中国科学院"引进国外杰出人才"，第二年底他回到祖国，高能所十分欢迎，给他交任务，压担子。王贻芳那时才三十多岁，很快显出不凡的功力，在北京正负电子对撞机改造工程中，担任BESⅢ分总体主任，成功领导了新北京谱仪的建造。后来又带领中微子物理与探测器的研制，提出了在大亚湾核电站用反应堆机组释放的中微子来测量中微子混合角$\sin^2 2\theta_{13}$的完整实验计划，包括探测器的设计。

这位风华正茂的中科院院士，经常引起媒体的关注，有人称他是低调的科学"狂人"，不苟言笑，很"凶"，称采访他很难，要想从他嘴里挖出关于他个人的"干货"，简直好比在北京谱仪实验中捕捉新粒子。

我对他的采访事先有约，那天去到他的办公室，不一会儿就感觉到他确实很忙，不时有电话铃声响起，或者有人敲门。他坐在我侧面的沙发上，谈话时常被这些干扰所打断。

讲着讲着，他的语速就渐渐快了起来，显然是想早些结束谈话，但我觉得还没有谈透，便想出一些话题问他。他后来显得有些无奈，说："我从来没与人谈过这么长时间的话。"

我说："因为过去采访您的都是新闻媒体，而我们是作家，文学不是写报道，不光要把一件事说清楚，更重要的是对人的了解。"他摊开双手，说："我真的没什么好说的了。"又补充道，"您能不能去读一些资料，或者找别的人多谈谈。"

我说："当然，资料是要读的，跟别人也会谈的。但跟您本人谈也是必要的，免不了的。"媒体上有好些关于他的故事，王贻芳虽然惜字如金，但还是被人挖出了不少。真实地说，正反都有，如一位记者所言，他是一个经常遭到"羡慕嫉妒恨"的人。

最近这些年，在他的带领下，高能所的事业声名大噪，由对撞机和北京谱仪延伸开来的项目越来越多，也越来越大。有人说他做事追求完美，他自己也承认："我可能有一点偏执，所有的事情我一定要做到我认为的最好。如果我做完了之后有一个人说，那样做会更好，而且确实他说得正确的话，我会觉得非常难受，会觉得这件事情本来可以做得更好，但我没有做到。"

谈话中，我注意到他办公室的墙上挂着一幅黄永玉的书法，上写"触类旁通"四个大字，笔法遒劲，犹如老树怪枝，题款为"壬辰前夜书赠唐王"，落款黄永玉。我问："这是送给您的吗？"

王贻芳点头。

"为什么称唐王呢？"

他笑笑，"有次在他家里聊天，谈到艺术要有创新，科学也要有创新，这里面到底是什么关系？黄老先生就说触类旁通，艺术和科学都是一个道理，于是他写了这幅字。我太太姓唐，我姓王，他一高兴就写了一个唐王，有时候会写王唐。"

有趣。黄永玉先生可谓文艺界的怪才，不光画出名，文也出名，年过九旬还在写长篇小说《无愁河上的浪荡汉子》，几百万字连载在《收获》上，后来又出了书，厚厚的跟砖头一样。小说写的是民国前后湘西风情，我是三峡人，地处鄂西，与湘西文化接近，因此读来感觉十分亲切。书中采用了许多方言俚语，多年前似已消失，又都在他的小说里活过来，那些栩栩如生的人物就跟黄先生一样，个性鲜明、幽默风趣。我没想到不苟言笑的王贻芳会与黄永玉先生有来往，便问他们是怎么认识的。

涉及个人的事，王贻芳的回答总是很简短的，但说到黄先生，他的话又多了起来。他说："三十多年的交情了，我跟黄先生的女儿在意大利佛罗伦萨留学时就认识了，他女儿是学美术的，但那时候中国留学生很少，那座城市里只有五六个，我们经常在一起聚会。"他的语气含着很多尊重，说不敢称黄先生为朋友，因为老人的岁数比他父母还要大，但他们之间很谈得来，隔一两个月他就会去一次黄先生家，吃吃饭，聊聊天。他说，从黄先生那里，能学到很多东西。

"昨天晚上我还去了黄先生家里。"他说。

我问他们聊什么，他说什么都聊，老先生会讲起过去的一些经历和故事，也会对前不久电视上王贻芳的开讲作一些评论，话题很广。

"跟这么一位老艺术家交流，说明您对艺术是非常有兴趣的，您怎么评价他和他的画呢？"我问他。

"应该说我这个年纪不适宜给他做评价"，王贻芳说，"但实事求是地讲，我非常喜欢他的画，色彩特别漂亮、丰富，给人的感觉很舒服。他的画有两大类，除风景、花鸟之外，有一类是漫画和一些非常有意思的句子，体现的思想很好玩儿。"

我说，黄永玉先生的画跟别的画家的不一样，可能有一个原因就是他将文学引入了绘画。王贻芳说："他的思想深度跟别人不一样。"他对黄先生的为人处世及其对生活的态度感兴趣，说老人一生有过很多坎坷，从小没受到什么特别的教育，也就念到初中，然后完全靠自学，但是对事物的看法非常深刻，远在很多人之前就看清楚了，具有远见。他不跟人分派，"文革"时哪一派都不参加，所以两派都会整他，但没有人会把他往死里整。他说他就干自己的活，在美院是最勤奋的，你们批斗你们的，他都不参加，就干活儿。现在90多岁了，还一天工作8小时以上。

我说太厉害了！王贻芳说："你是不可想象，他就喜欢工作。他对人对事的看法非常达观、深刻，看得很透，历史、未来、现在，世界的、国内的，他都看得很清楚，所以，跟他学到很多东西。"

触类旁通，我想起李政道与艺术家们的交往，看来无独有偶，科学与艺术有着内在的相通，智慧的人会从中找到通达的路径，而获得新的启迪。王贻芳在别人眼里是个不好接触的人，但他对有思想、值得敬重的人却是一往情深，或许，这正是他的性格魅力所在吧。

八、目标远大，脚踏实地——访谈录

那天与王贻芳先生的访谈进行了一个上午，谈得很辛苦，但也谈得很有意思。中间我问他为什么没喝一口水，他说，难得有人在他那里坐那么久，所以也没什么准备。

俗话说，百闻不如一见，闻其声如见其人。王贻芳的谈吐显出他的务实、自信和真诚，他对北京正负电子对撞机和高能所科研发展的分析言简意赅，十分深奥复杂的科学问题一经他表述，便变得清晰明达，他还谈到了对体制、机制改革等一些问题的见解，引人沉思。

一开始我给他提了几个问题，我说："我主要是采访关于北京正负电子对撞机的建设，您作为中科院高能所所长，怎样看待对撞机的重大意义以及由此的延伸？目前高能所的一些科研项目与对撞机是否有着某种联系？您率领的团队在大亚湾以及东莞各地所做的项目，对于当今世界物理学以及人类生活有哪些意义？ 您觉得今天的时代需要彰显的科学精神包括哪些内涵？"

王贻芳说："我想先从第一个问题说起，北京正负电子对撞机是我们中国高能物理的一个起点，真正的起点！在这之前，中国有一些零零碎碎的研究，在20世纪50年代也参加了在苏联的杜布纳联合核子研究所的一些研究。这些当然都培养了一些人才，大家也有一些对未来发展的设想。但是，应该说绝大部分的工作仍然停留在纸面上，少量的所谓实验工作也都不成系统，很零碎，规模也不大，在国际上没有太多影响。除了当年在杜布纳联合核子研究所有一点工作之外，总体来说，影响非常小。有了北京正负电子对撞机整个的设计建设，实际上，一步把我们中国的高能物理研究从理论、计算、设计、实验设备的研制，到最后的使用、运行、出成果，一整套体系完全建立起来了。人们所说的'七下八上'，最终这一次上来了，整个的高能物理研究完全是崭新的面貌，上了一个大台阶，可以说从无到有，前面那个无可能有一点点'有'，但是微乎其微，这个台阶是巨大的。我们建立了一个完整的高能物理的队伍，包括各类人才。近十几年中国高能物理研究已经跟国际接轨了。过去是差得太远，根本与人家没法沟通，现在我们至少可以认为，你说的事情我是知道的，我会的事情虽然你也会，但是我这里面多少有点小窍门，你却不见得都会。你的那些东西，我看一下学一学也能会，不至于像看天书一样，在此以前就像看天书一样看人家做的东西。

"所以，北京正负电子对撞机一下子使整个中国的高能物理走向了世界，这个基础应该说是极其重要的。但之后经历了不是那么理想的反复，在整个90年代中期，中国的高能物理发展不是特别顺利，因为加速器建成以后面临未来的发展道路到底应该怎么走的问题，有一个徘徊，大家都不知道该怎么办。"

我说，"比较茫然？"

"对，有点茫然。有的人说我们要往前再跨一大步，有的人说这一步可能不是我们中国经济能力能够实现的，是不是应该先维持现状。实际上维持现状也不是很容易的，它有各种各样的限制条件，包括当时的大环境，基础科学研究很难得到比较实质性的、大规模的支持，人才流失很严重，有出国的，有转到经济领域的。"他说，"所以，建立起来的基础又往下滑了，整个90年代中后期，在我回国之前，我虽然没有经历但看得很清楚。2000年以后，北京正负电子对撞机二期改造，整个士气又重新鼓起来了。"

我问："您回来之后就入手二期改造了吗？"

"在我回来之前，陈和生先生他们就在规划，我2001年回来后，参与了探测器方案设计，之后领导了探测器的建设。"他说。

我了解到，对撞机的建设和改造一直存在方案的分歧，公说公有理，婆说婆有理。我问王贻芳，分歧的焦点在哪里？犹豫徘徊的是什么？

　　"这个说起来就复杂了。"他说，"1993年前后，国际上讨论建一个新的 τ-粲工厂， τ-粲物理在国际上就兴了起来，中国的物理学家觉得我们也可以做这件事情。 τ-粲工厂有一个重要参数叫亮度，这个机器的亮度是10^{31}，国际上希望做10^{33}。所以国内就争论，到底是往大了走还是往小了走，许多人觉得去做 τ-粲工厂的话有点大，在当时大概需要12个亿，这一步走得太大。所以后来正式宣布说不做。"

　　我听出来，最大的原因是经费不够。

　　"当时我还是局外人，不见得说得很清楚，但是大面上看的话，当时12亿的项目是太大了。所以，最后决定下马。后来又围绕究竟是单环还是双环进行了多方论证。当时国际上要把亮度提起来的话都得双环，中国先做了一个单环方案，后来因为与康奈尔大学的竞争，就想在同一个隧道里做成双环。最终把双环加速器设计出来，经过了非常复杂的一个计算，这样才能够跟康奈尔竞争。从1997年说做单环的方案，到2004年才定下来做双环，开始建，到2008年建成，这一搞又是10年了。"

　　我心里感慨不已，忍不住说出来："看来科学真不是一蹴而就的。"

　　王贻芳说："方案有时候需要比较长时间的讨论、论证，但是如果回过头来想的话，1998年，或者更早些的1995年，真的花12亿建下来的话，这块地就有了，我们未来的发展就都有了，你想那钱绝对不亏呀！现在要出去找一个地方就难了。"

他带着难以掩饰的惋惜，说，"迈出的步子，有时候真的不太容易看清，这一步究竟迈大还是迈小，哪个最理想？你可能会觉得迈大是冒险，迈小合适，但从更长远的角度来看，迈小还是亏了。"

王贻芳同他的前任陈和生、还有更早些的前任方守贤、叶铭汉一样，这些顶级的科学家一边做科学研究，一边也得盘算经济账。

"高能物理对整个大的规划和未来长远发展的眼光要求跟别的学科是不太一样的，确实要看远一点。"他说。

"如果只是局限眼前，对未来国家的发展没有一个预期值是不行的。乐观一点在我看来不会错，中国的科学要有走在世界前列的梦想。"他的言辞里透着一种激情。

我提到他刚才说的话，因为做了对撞机，我们上了一个大台阶，有了国际对话的地位，那么国际物理学界的重大项目还有哪些，我们现在做的实验占有什么样的位置？

他说："物理学分很多二级学科，高能物理是其中一个。一般来说，高能物理不包括加速器，做加速器是另外一个二级学科。高能物理又分几个方向，一个是基于加速器的高能物理研究，还有一个是做宇宙线，以及到地下做中微子、暗物质等。我们有了加速器之后，在国际上获得一定影响力，但是这个加速器规模不大，当时国际上已经做出了周长达27千米的加速器，我们的只有240米，差距仍然是巨大的。但是'麻雀虽小，五脏俱全'，至少你有汽车，我也有汽车，不过我是QQ，你是奔驰。"

他也特别强调，这几年中国科学在中微子、宇宙线、空间实验等方面逐渐做出了一些令世界瞩目的成果，可以说正是因为有了北京正负电子对撞机，培养出一批人才，有了一批基本队伍，后面无论做什么都相对要容易得多。队伍里的人才也是多方面的，就拿对撞机和谱仪来说，大家从外面看是一体的，但是从内部来看的话，它是截然不同的两个专业，一个是所谓提供武器的，另外一个是使用武器的。

在高能物理发展方向上的选择，历来争论不断，王贻芳对此深有感触，他认为对整个科学发展的认识，哪些重要，哪些不重要，方向是什么，要看对、看准。有人对高能物理存一个悲观的态度，认为不会有重大发现，找不到东西，但从20世纪60年代到现在，国际上的高能物理有了重大发展，中国的科学发展幸亏走上一条正确的道路，如果在七八十年代听信那些悲观的论调，那就完了。

"人有两种，有些人是乐观的，有些人是悲观的。"他说。

"说'不'是很容易的。任何一个人、一件事、一个项目都会有缺点，要去攻击它太容易了。但要做成一件事情很难，你需要每一点都做对，有一点不对这件事就做不成。李政道先生做成了几件大事。"王贻芳说，"正负电子对撞机是他极力推动的，还有在中国推动建立博士后制度、推动基金会的建立，培养了很多人才。李先生一般不批评，因为批评没有用，他是亲自去做，做成一件件事。回头看看对撞机的历史，真是太难了，曾经有多少反对的意见，说风凉话的，看笑话的。"

说到他的导师丁肇中教授，王贻芳既怀深情，也很客观。"丁肇中先生的个性、特点，跟李政道先生不太一样，丁先生的主要精力在自己的科研工作上，现在80多岁了，仍然在第一线工作。他对国内一些项目有很多正面的帮助，比如人才培养，国内做高能物理实验的人在他那受过训练的非常多，我们高能所前后三任所长都是从他那出来的。"

这三任所长是郑志鹏、陈和生、王贻芳。

王贻芳在丁肇中实验室工作了11年，相互间感情深沉默契。丁先生言传身教，使王贻芳受到了最好的训练。他说："我的前两任所长去他那儿的时候年纪比较大了，已经有一些工作经验，而我就是一个学生，刚刚走出大学校门，就看到他的工作方式和研究环境，看到他对工作的投入，以及对科学的追求，感触特别深。

"丁先生经常召开二三十人的会，不是特别大，大的会效果有限，这种二三十人的会，对任何人他都可以追问到最后，一直到底，让你有些时候下不来台，但是坐在一旁听的人是很受益的。你可以观察到他的思维方式，当然一次两次不说明问题，一百次以后你就可以看出非常有意思，非常重要。我们往往很容易陷入细节，在细节中出不来，但是在他来说虽然细节很重要，他会保证细节不出问题，但任何时候他都不会忘了主线，做这件事情的目的到底是什么，非常清楚，永远不会忘记。

"丁先生待人有分寸，如果是跟他比较近的人会被他'折磨'得比较凶，但对年纪大一点的，或者是太年轻的学生，他不会。最难过的是他的副教授，博士后可能还稍微好一点，因为副教授已经成熟。他只要想问，永远可以把你问倒，而且他问的方式、角度和思路跟一般人不太一样，他想得更深、更远，永远会把最根本的物理问题放在首位，一般人不太会做到。因为一般的人容易湮没在细节当中，反倒把根本的东西忘记了。"

"你脑子里要永远绷着这根弦。"丁先生常说。

丁肇中对学生王贻芳是钟爱的，常以他的方式表达对学生的喜爱和亲昵，他喜欢请学生吃饭。王贻芳说："常在中午12点的时候，坐那好好的，他突然进来说，你来一下。没什么事，就是跟他吃饭去。他有没有找别人我不知道，反正他经常带我出去吃饭。丁先生一滴酒都不沾，但吃得比较讲究，去好餐馆吃西餐，吃饭时不谈工作，只闲聊。"

但是，时间长了以后有了"天花板"的感觉。

王贻芳用"天花板"一词比喻自己对前途的展望，"当时做的实验已经到了收尾阶段，下一步怎么做看不太清楚，而且我希望能够换一个环境，所以就走了。最主要的还是觉得回国以后，平台大一点，整个的科研环境和科研投入都在向上，有一些机会在这里。在国外的话，总体来说是平的，或者整体向下的，经费都很困难，做事情很难的。丁先生那里，高能所也前后去过很多人，大家都很熟，都觉得中国的未来是不错的，有很多可能性。"

王贻芳坦露的是十分真实的心态。在他的考虑中，其实不仅是个人命运，他将个人与国家的发展连在了一起。

事实证明，王贻芳回来之后干得十分出色，领导整个团队又上了一个大台阶。他刚开始的平台是做北京谱仪，他跟大家一起把整个状况提升到一个新的水平，谱仪设计、研制、运行的指标与性能等，都达到了能想到的最好状态。其后，高能所大刀阔斧地开辟新战场，大亚湾中微子实验、东莞的散裂中子源、江门开平正在建设的中微子实验站等。

这一切都跟北京正负电子对撞机密切相关。"整个高能所都是从对撞机出来的，所有事情都跟它有关。没有对撞机的话，高能所现在做的任何事情都谈不上。"他肯定地说。

谈到今后高能物理的发展，王贻芳坦率地说："我们现在对未来的规划，正在艰难地进行，因为边界条件不清楚。"他认为管理体制需要改革，因为中科院、基金委、科技部三家独立，互相没有隶属关系，如果做大一点的加速器，要找发改委，但分管科学的主管领导却并不管发改委，这事最后到底谁管搞不清楚。"他再次感叹道："要做点事很难的。"

他当然呼吁过，他说："过去应该说矛盾不冲突，像做北京正负电子对撞机时，全国只有这一个，现在项目相对来说多了，事情就变得很复杂了。全国各种各样的委员会，开展各种各样的讨论，不知道讨论了多少次，但谁说了都不算，很麻烦。"

但从他的眼神里，能够看出对这些麻烦他已经习惯，也并不畏惧。

我问他："您觉得我们今天的时代，最应该提倡一种什么样的科学精神？"

"我想所有的事情都应该脚踏实地去做，同时，你还要有一个远大一点的目标，这两者只要能结合起来，就可以把事情做好。如果只是其中一个的话，肯定有问题。"他似乎早有考虑。

我说："既要脚踏实地，又要目标远大。"

他说："对。"

"中间肯定需要一些坚守、执着，不断地追求，不断地创新。"我说。

王贻芳脸上带着从始至终的自信，说："你要是有目标的话，然后脚踏实地做，这些都会有。"

九、还说仁者见仁，智者见智

有一天，一位朋友给我发来微信，说："昨天见到一篇文章，像是跟你写的物理学家有关。"他把文章发给了我，一看那标题，《中科院专家反驳杨振宁：中国建造大型对撞机正当其时》，我不禁吃了一惊。

开篇便直抒胸臆："9月4日，《知识分子》刊发了杨振宁先生文章《中国今天不宜建造超大对撞机》，作为正在高能物理一线从事实验工作的科学家，现任中国科学院高能物理研究所所长，我不能同意他的观点。"

这篇文章正是王贻芳写的。

看得出是一气呵成，洋洋洒洒，有理有据，从七个方面逐一针对杨振宁先生的观点进行了辩驳，慷慨但不激昂，斩钉截铁但不强词夺理，显出一位大科学家的风范。就跟他本人一样，具有真性情，不卑不亢，在原则问题上观点鲜明，大局在胸，理性冷静。

整篇文字干净利落，没有半句废话。这篇长达几千字的文章是在他读到杨振宁先生文章之后的当天写的，但行文讲究，一点不显急促粗糙，显然，许多观点早就烂熟于胸。

高能所建所40年来，在北京正负电子对撞机、大亚湾中微子实验、散裂中子源、ADS注入器等超过亿元的大型加速器及探测器工程中，均按工期、指标完成，实际造价与预算相比，连5%都没有超，我们有成熟的估价、建造、管理经验。

民生问题当然要解决，但我们也要考虑长远，发展要可持续，要有领先世界的能力。高能物理研究物质的最小结构及其规律，采用的手段从加速器、探测器到低温、超导、微波、高频、真空、电源、精密机械、自动控制、计算机与网络等，很大程度上引领了这些高技术的发展并得到广泛应用。建造大型对撞机可以使我们领先国际达几十年，使一些重要技术产品实现国产化并走到世界最前沿，可以形成一个国际科技中心，吸收国外智力资源，可以培养几千名能创新的顶尖人才，怎么不是燃眉之急、当务之急？

而且一个大国，没有对人类文明的贡献，很难说话响亮，这影响中国在世界上获取利益。

下一个五年计划开建大型对撞机，是我们在高能物理领域领先国际的一个难得的机遇。首先，新发现的希格斯粒子质量很低，使我们有可能提出环形正负电子对撞机方案来研究它，还有机会改造成质子对撞机，有50年以上的科学寿命。其次，现在欧洲、美国和日本手头都有项目，20年之内很难腾出手来，我们的竞争环境好。第三，我们有北京正负电子对撞机的经验，我们有技术和人员队伍的积累，还有极好的大型地下工程施工经验。这个机遇窗口只有10年，失去了，下一次不知道是什么时候。

中国建大加速器对我们有什么实际的好处呢？第一阶段300亿人民币的投入（2022年起，每年30亿），至少我们可以在以下技术方面实现国产化，并领先国际：

a)高性能超导高频腔（应用于几乎所有的加速器）；

b)高效率、大功率微波功率源（也可应用于雷达、广播、通讯、加速器等）；

c)大型低温制冷机（也可用于科研设施、火箭发动机、医疗设备等）；

d)高速、抗辐照硅探测器、电子线路与芯片等。

同时，我们还可以在精密机械、微波、真空、自动控制、数据获取与处理、计算机与网络通信等技术方面领先国际。

高能所参加过20世纪80年代北京正负电子对撞机设计与建设的专家都说，当年的困难比起今天的CEPC，只大不小，我们不会一代不如一代。我们有信心和能力独立完成CEPC。

……

他在文章里算了一笔笔细账，之前北京正负电子对撞机花费2.4亿元（1984年），北京正负电子对撞机重大改造工程6.4亿元（2004年），大亚湾中微子实验1.7亿元（2007年），一共约10亿元人民币。与国内其他领域相比，无论总数还是人均都不算多，但获得的成果，以及国内外的奖项却数不胜数。

说到经费，这使我又一次想起修一千米高速路的费用。曾听一位专业人士介绍，在山区20年前修一千米高速路大约需要七千多万元，目前已超过一个亿。如此说来，我国高能物理在近四十年里的主要项目，大约就用了十千米高速路的钱。这样一想，似乎真的并不算多。

科学大家之间的辩论引发了各界对于高能物理前所未有的关注，在一个素来"学术范儿"的知名网站上，网友们你一言我一语搭起了高楼，进行了一场民间高能物理辩论赛。

科学的争论的确是复杂的。

杨振宁先生对于祖国的热情人所共知，他的真诚恰好体现在他对祖国的一片担当，愿意坦率地发表自己的一些思考。比较熟悉杨先生的郑志鹏说："我和杨振宁先生接触过，他觉得中国要搞应用，中国钱少。我们就说如果因为钱少，断了高能物理研究，以后等钱多再恢复就来不及了。我跟他从20世纪80年代初就接触，我是年轻一辈，他是老师一辈，他是名人，但有不同观点是可以辩论的，最后让事实来说话。"

北京正负电子对撞机工程建设之初，杨振宁曾专门来玉泉路的工地踏看。他看得很仔细，还给曾在西南联大做过老师的时任高能所所长张文裕赠送了一本北京风光画册，他说："我今天很高兴送给您这本画册，我特别在上面写了几句话。"张文裕接过来，只见画册扉页上写着："文裕师，我以十二万分的诚意，祝贵所胜利建成新的实验基地。在如此多娇的江山上加一丛红花。我将继续尽我的能力协助你们工作。"

对撞机建成之后，杨振宁又曾多次来高能所讲学，座谈，还为北京正负电子对撞机的一些活动揭牌庆贺。

可想而知，杨先生对祖国怀着一片赤诚之心。在人们的讲述里，这位年过九旬的著名科学家有一个让人称道的品质就是不虚伪，他正是缘于对祖国的爱护，才真诚地有感而发。

而王贻芳这一代年轻实验科学家的愿望则有新的期待，他们对于未来怀有更多的梦想，他在文章最后也表示，仁者见仁，智者见智，自己尊重前辈，但身为高能所所长，应当对杨振宁先生提出的意见做出回应。

王贻芳还主张中国科学机构主动牵头组织国际大科学计划，他认为参与和牵头，两者之间有着很大的差别，所面临的挑战也截然不同，虽然最终都能共享成果，但真正的收获肯定是与付出成正比的。牵头的好处在于能优先选择大科学计划中最核心的科研项目，也能率先掌握其中最关键的成果和技术。一项技术从知晓其中的科技原理到真正掌握、实现应用，有很多难题需要解决。率先提出并牵头组织大科学计划，可以在学术竞争中占据先机，产出的成果也将是真正的原始创新。

"在高能物理、核物理、天文、天体物理等研究领域，要想成为世界领先，要想获得重大科学成果，必须要有新思想、新技术或新方法，并落实为大项目，这是必由之路。"王贻芳不止一次呼吁。

他的观点引起许多科学家的强烈共鸣。中科院院士、同济大学海洋与地球科学学院教授汪品先指出："我们不能只满足于跟风做些分散性的小题目，在别人的刊物上发表几篇论文，要瞄准大目标，做大题目，解决大问题，做国际学术界的举旗领跑者。而积极参与乃至牵头组织国际大科学计划和大科学工程，正是促进中国科技转型的契机。"

"大科学"，解决大问题。

中国究竟该不该建造下一代大型对撞机，目前看来还在讨论中。国外一些世界级的物理学家也不约而同加入到这场讨论之中。就在王贻芳的文章发表之后的2016年11月24日晚间，受华裔数学家丘成桐的邀请，在其主编的数学科普杂志《数理人文》微信公众号上，英国物理学家、宇宙学家史蒂芬·霍金发表了他对中国建造大型对撞机的看法："在这方面（粒子物理），中国有成为世界领导者的绝佳机遇——不要错过它。一个很好的范例就是建造巨型对撞机，它将在今后五十年中引领高能物理学。"

霍金是一个神奇的预言家。这一点，无论你觉得有多么不可思议，但的确已有无数事例可以证明。

这位预言家表示，"粒子物理学绝对不是一个行将就木的领域，也与它在80年代的面貌完全不同。自然界还存在标准模型无法解释的许多现象，其中包括CP破坏、中微子振荡和暗物质，等等。同时我们还有大量理论上的难题：如何包含引力、量子场论中新近发现的各种对偶、夸克禁闭、暗能量、黑洞和早期宇宙学。这是一个非同寻常的领域，它对于有志向、有兴趣探索我们的宇宙如何运行的年轻人提出了巨大的挑战。"

改革开放以来，中国政府对科技的投入不断增加、成果持续产出。"十二五"期间，我国不断优化财政性科技投入结构，基础研究经费投入持续增长，从2011年的411.8亿元增长到2015年716亿元，年均增幅14.8%以上。

中国有信心领跑。据统计，我国在国际上发表的科技论文数量连续多年居世界第二位，基础研究重要领域已开始并跑或领跑。500米口径球面射电望远镜（FAST）落成启用，大亚湾中微子实验发现新的中微子振荡等正是如此。

据科学技术部有关信息报道，未来基础研究的赶超引领，将聚焦"脑科学与类脑研究""量子通信与量子计算"重大科技项目。在战略性、前瞻性重大科学问题领域，继续推进干细胞及转化研究、纳米科技、量子调控与量子信息、蛋白质机器与生命过程调控、大科学装置前沿研究、全球变化及应对、合成生物学、发育编程及其代谢调节等重点专项部署。

王贻芳所期盼的大科学装置也正在其中，不过尚在前期研究阶段，科学的百家争鸣仍将继续，未来，寄托着中国科技人的梦想。

习近平总书记在党的十九大报告中指出，"加快建设创新型国家"，明确"创新是引领发展的第一动力，是建设现代化经济体系的战略支撑""要瞄准世界科研前沿，强化基础研究，实现前瞻性基础研究、引领性原创成果重大突破"。

新时代的召唤，给中国科学家们鼓足了更大的信心和勇气。

十、从大亚湾到打石岭

美丽的珠江三角洲西部，广东江门开平一带，作为侨乡闻名遐迩。鸦片战争之后，这里大量破产的农民、小商贩、手艺人带着发财的梦想横渡太平洋，去美国和加拿大的金矿、铁路工地淘金，或进入南美洲的种植园割橡胶、种甘蔗、开采鸟粪，他们在异国他乡耗尽了一生的血汗，依然心系故土。

一个叫赤坎的小镇上，分布着一百年前海外华侨投资修建的街道和楼房，建筑风格中西合璧，当街是两三层高的骑楼，后面是一座座四五层高的碉楼，碉楼的正面造型是西式风格，后面的燕子窝顶则采用中式建筑圆攒尖琉璃瓦顶，上面插着巴洛克风格的山花顶旗杆。离赤坎镇不远处的山峦起伏之中，有一座名不见经传的小山叫打石岭，那里正在进行一座规模宏大的科学基地的建设。

头一日在雨中我从深圳到了开平，住进了赤坎镇一家小旅店里。第二天开车带我去工地的是中科院高能所驻开平办事处的小刘，一位戴着眼镜的瘦高小伙子，说话斯斯文文的。他说他就是开平人，大学毕业后幸运地考入了高能所。从江门中微子实验站开工建设以来，他一直在做协调联络的工作。开车路上，我们兴趣盎然地聊起"中微子"。聊着聊着，突然感觉就像是在说一个人，一个无处不在，同时又来无影去无踪的幽灵。在王贻芳主编的另一本书《探索宇宙"隐形人"——大亚湾反应堆中微子实验》中谈到，近年来，"中微子"一词在媒体上频频出现，进入大众视野。

中微子就是一个"隐形人"。

科学证明，从时间开始的那一刻起，中微子就无处不在，构成了世界的本源。但是，人类认识它却仅有80余年，许多未解之谜等待着人们去破解。最近28年间与此相关的研究已有4次斩获诺贝尔奖，可见中微子的研究多么受到重视，同时也意味着对它进行研究极其不易。美国科学家雷蒙德·戴维斯因为观测中微子的开创性工作而获得2002年的诺贝尔物理学奖，诺奖委员会形容他的工作："相当于在整个撒哈拉沙漠中寻找某一粒特定的沙子"。

中微子以近似光速运动，神秘自由地穿行于地球，有人称它为"幽灵粒子"，因为在构成物质世界的12种基本粒子中，中微子是人类了解最少的一类。近年的科学研究表明，中微子或许将是破译宇宙起源与演化密码最重要的钥匙。

事实上，中微子或许可以说是宇宙产生的最重要但也是最小的精灵，如果没有它，太阳不会发光，也不会有银河系、地球、人类。更让人难以想象的是，其实中微子就在我们身边，每秒钟几十亿个中微子以接近光传播的速度穿过我们的身体。而一个成年人其体内的天然放射性核素每秒也会释放出3亿多个中微子。中微子几乎不与任何物质发生作用，在它的眼里，地球几乎是透明的。因此，虽然每秒钟有亿万个中微子穿过我们的身体，但我们很难发现它的踪影。

无垠的世界，有一些最基本的物理规律，人类通过科学研究，用智慧搭建起了一个"标准模型"来阐述那些规律，可中微子振荡与这个标准模型并不兼容。这是为什么？

一个名为 θ_{13} 的参数成了奥妙的焦点。

大亚湾中微子实验为的是找出 θ_{13} 的大小，不仅要"捕捉"神秘的中微子，还要让它透露宇宙的终极秘密。2012年，正是科幻电影《2012》名称所指的时间，王贻芳作为"大亚湾中微子实验"项目的首席科学家，带领科研学者们历时8年首次发现了中微子的第三种振荡模式，并精确测量到其振荡概率。这项石破天惊的研究，为当时正处在迷茫"岔路口"的中微子研究找到了未来发展的方向，入选美国《科学》杂志评选的"2012年度十大科学突破"，并被美国同行誉为"中国有史以来最重要的物理成果"。

截至目前，大亚湾实验已经收获了累累硕果，首次报道测量 θ_{13} 的文章被引用上千次，成为高能物理研究的经典文献之一。

2015年11月9日，号称"基础科学第一巨奖"的基础物理学突破奖颁奖仪式在美国加利福尼亚州圣何塞举行，授予梶田隆章、亚瑟·麦克唐纳、王贻芳、陆锦标等7人及他们带领的5个中微子实验团队（包括大亚湾实验团队）2016年基础物理学突破奖，以表彰他们对中微子振荡的基础性发现。美国《科学》杂志评论："如果物理学家无法发现超越希格斯玻色子的新粒子，那么中微子物理可能会代表粒子物理学的未来。大亚湾实验的结果可能就是标志着这一领域起飞的时刻。"

而在王贻芳等中国物理学家的布局里，又有了江门开平打石岭这一新的愿景。他们在这里的首要科学目标是测量中微子的质量顺序，即不同类型中微子质量大小的排序。基本实验原理与大亚湾实验相同，但需要把探测器选址在距离反应堆约60千米的地方，因为这里是中微子振荡的预期极大点。

打石岭。

人类终将记住这个小小的地名。打石岭是最佳的实验地点，距离台山核电站和阳江核电站各53千米，且这两大反应堆群全面建成后总功率居世界第一。此外，打石岭的花岗石地质非常适合建设实验洞室。实验厅建在地下700米深处，可以屏蔽掉绝大多数宇宙线。

天造地设。三年前，江门中微子实验站在这里开始建造。

阳光下，小刘将车开到了打石岭下，眼前一片连绵的小山坡，宁静祥和，树木繁茂的山脚下盖着一排排白墙蓝顶的简易工房。我来到这里的时间，正是2016年12月下旬，北京已然天寒地冻，或是满城忽来忽去的雾霾，这里却是风和日丽。在项目经理的引导下，我们戴上头盔前往工地。

工地上正在进行江门中微子实验站配套基建工程，由黄河勘探规划设计有限公司等三家国内素有经验的施工单位承担。目前的工程是要打出两口"井"，一口斜井深1266米，一口竖井深564.4米。将来斜井与竖井会合，在地下700多米处建成一个巨大的实验厅，环绕的还有水净化室、液闪处理间、灌装间、存储间等。这个预期在2021年建成的实验站，眼下除了墙上的蓝图，就是打石岭下的两处工地。

2016年夏天，工程遇到了前所未有的麻烦，看似坚固无比的花岗岩有时却是脆弱的。一个雨后的日子，直径只有5米的井下，本来作业就很艰难的工人突然惊恐地发现一股水破壁而出，一会儿就淹没了脚面。洞顶迅速放下吊桶，将工人们拉了上去。不到两个时辰，已经打通的400多米深的洞全都灌满了水，然后源源不断地往外喷涌。两天之后水势才减缓，施工单位从四处借调来十台水泵，一连抽了十几天，才把水抽干，赶紧采取了封堵。这出乎人们预料的事件使得工期严重受到影响。不久，王贻芳赶到了工地。

"他那天就下到井里去了。"项目经理，一个河南汉子指着洞口说，"就是从这儿下去的。"

他带我走到井口，那里两块大木板合盖着井面，头上方悬吊着一个沾满泥垢的大铁桶，有两米多高，里面可以站七八个人。工人们就是由这个吊桶下到几百米深的作业面的。那天，王贻芳跟工人们一样，换上工作服，外面再套上防水的胶皮衣，蹬上长筒胶皮靴，戴上头盔和手套，拿上手电，钻进了铁桶。

"像他那样的领导，二话没说就下去了。"经理带着敬佩的口气说。

我说："我能不能下去看看？"

"那可不行。"经理连连摆手，"不行不行。里面还冒着水，跟下大雨一样，你看看这照片，水点子飞溅。"果然，照片上像水帘洞，几个戴着红色头盔的工人半截身子浸在水里，身穿的胶皮衣反光，湿淋淋的。

又看到几张王贻芳的照片，他跟几位施工者站在桶里，一模一样的装束，几乎分辨不出他来，放大之后才看清了他的脸，跟平素一样，他抿着嘴，表情严肃。那会儿他在想什么呢？想要弄清地下深处的情况？想遇到的难题如何解决？延迟的工期如何赶上？还是别的？

那天在他办公室，见到他摆放在桌上的一个彩色陶瓷水杯，杯上印着一幅照片，一个女孩一个男孩骑在自行车上，绿草地衬着他们的红衣，十分可爱。那是王贻芳的一双儿女，照片上是好几年前的样子，现在已经长大了。女儿已经在麻省理工学院上大二，学的也是物理，是女儿自己的选择。儿子还在国内上中学，王贻芳和妻子跟中国所有的家长一样，还得替孩子看作业，签字，考虑是否给孩子上辅导班。

但他那会儿站进这个铁吊桶，要到地下近千米深的黑洞里，考虑的肯定只有眼前这个洞，这个为中微子而挖的洞。随着头上的缆绳嘎吱嘎吱的响动，铁桶渐渐下垂，水滴啪嗒啪嗒地落在岩石上，铁桶里的人会很快陷入一片黑暗。完全可以肯定，打从盘古开天地以来，在这支王贻芳领导的团队及施工队之前，这山体内从来没有过人类的进入，而且会这么深，这么深。

一位研究中微子的外国科学家怎么说的？"若上天继续眷顾我们，或许在我们的有生之年可以揭开质量排序、宇称和电荷对称性破坏的奥秘。"

就在2016年5月30日，习近平总书记来到全国科技创新大会上，王贻芳与他的许多前辈、中国科学院、中国工程院的院士们一起聆听了总书记的讲话："科技兴则民族兴，科技强则国家强。今天，我们在这里召开这个盛会，就是要在我国发展新的历史起点上，把科技创新摆在更加重要位置，吹响建设世界科技强国的号角。"总书记还说道："历史经验表明，科技革命总是能够深刻改变世界发展格局。"

总书记的话让王贻芳的内心更加充实坚定，他与他的团队，中国的物理学家们在分分秒秒地争取时间，朝着既定的科学目标奋力前行。

不久，经水浸泡的深井又开始继续掘进了，仍然艰难，但仍在深入。

十一、火车头

2013年7月17日，习近平总书记到中国科学院考察工作。他在西郊科教园区，首先考察了高能所，他走进实验区3号厅，面对我国第一个大科学装置——北京正负电子对撞机，看了又看。

在北京谱仪控制室，习近平总书记同当年参与对撞机建设的叶铭汉、方守贤、陈森玉几位院士亲切握手，感谢他们做出的贡献，祝他们身体健康。当即又说："中国科学院建院以来，荟萃了一大批我国最优秀的科技人才，继承和发扬光荣传统，面向国家战略需求和世界科技前沿，取得一大批令人瞩目的重大创新成果，在我国科技事业发展中发挥了火车头作用。"

中国的物理学家的确向人民交上了一份满意的答卷。

叶铭汉先生也看小说，他说："我有一个毛病，看书要看结局，结局不好不看。"我问什么样的结局才算好呢。他说："中国戏剧的结局我就爱看，都是皆大欢喜的。"他笑笑说，"后来我得到支持，吴大猷写过一篇短文，说他看书先看后面。"叶先生的审美显然是中国传统的审美，结局皆大欢喜，天下有情人终成眷属，功德圆满之类。我想，北京正负电子对撞机显然是一部让他感到欣慰的好书。

在我写完这本书的初稿时，新闻里传来2016年国家科学技术奖励大会在北京人民大会堂举行的消息。"大亚湾反应堆中微子实验发现的中微子振荡新模式"荣获国家自然科学一等奖，"北京正负电子对撞机重大改造工程"荣获科学技术进步一等奖。

王贻芳代表大亚湾反应堆中微子实验获奖团队，陈和生代表北京正负电子对撞机获奖集体接受了颁奖。

"北京正负电子对撞机重大改造工程"荣获国家科学技术进步奖一等奖，是因为这项工程按指标、按计划、按预算高质量建成，实现了重大创新和跨越，有力地推动了我国相关高技术发展；对撞亮度达到$1 \times 10^{33} \mathrm{cm}^{-2} \mathrm{s}^{-1}$的设计目标，为改造前的100倍，是前世界纪录的14倍；日均获取数据提高两个数量级，实现大能量范围高效运行和高能物理与同步辐射一机两用；北京谱仪国际合作组在轻强子谱和粲偶素衰变等方面取得一批重大物理成果；保持和发展了我国在粲物理领域的国际领先地位。

一条大河波浪宽。从当年建造北京正负电子对撞机到今天，那些为此呕心沥血的科学家：李政道、张文裕、谢家麟、叶铭汉、方守贤、陈森玉、郑志鹏、陈和生、王贻芳……他们中间有些人已经离我们远去，但精神犹存，而更多的科学家正在以更加奋发的姿态不断向新的科学领域开掘，长江后浪推前浪。

叶铭汉负责的北京谱仪在建成的当年就开始全面为国家效力。中科院高能所和国内外10余所大学、研究所联合成立北京谱仪合作组，开展高能粒子物理实验研究，直到如今。二十年来成果卓著。

叶铭汉惦念着李政道先生的健康，前些时，王贻芳所长有一次去美国时专门探望了李先生，叶铭汉在北京看到他们在一起的合影，高兴得合不拢嘴。他快十年没见到这位老同学了，很是想念。他兴趣盎然地说到李政道也喜欢看武侠小说，喜欢看英文科幻小说。就小说的爱好选择而言，他跟李先生不太一样，如果再相见，是否会聊到这些？但他知道李先生是不容易再回到北京的，"李政道年轻时遇到过车祸，脊椎受过伤，医生判断他的脊椎神经非常脆弱，不能经受大的振动，要是脊椎神经断了就糟糕了。所以李先生现在不能坐飞机，就怕突然猛地颠簸"。

92周岁的叶先生，心态很年轻，正聊着，他突然说："我有时候感觉自己非常幼稚。"我笑了起来，问老人为什么会这么想。他说："因为有些问题的看法是跟很多人不一样的。"

我琢磨着，这或许正是卓越的科学家不同于一般人之处吧，如果所有的想法都跟常人一样，那么科学的发现和创新可能就无从谈起了。

所以，有时候他们是孤独的。

但叶先生在生活中却是一颗平常心，他夫人比他小5岁，曾是北京大学的才女，所学专业是生物学；他们的一儿一女，一个在香港，一个在美国。多年来老两口儿相守在北京，原来只请了一个钟点工，但近年女儿下了"命令"，一定要找一个住家保姆。这才刚请了一个住家的，陕西渭南妇女，做的是北方饭菜，馒头、发糕，掺点玉米粉，小米稀饭、红薯。老人对饮食从小就不讲究，得意地说："红薯是个好东西。"

方守贤院士一直很忙，他在离开所长岗位之后，把全副精力用在了应用研究上。他一直十分重视基础研究与实际应用相结合，将高能加速器尖端技术直接转换为国民经济服务，是他多年的梦想。他很早就提出专用同步辐射光源，还曾与丁大钊和冼鼎昌一起，向有关领导和数理学部提交了"关于在高能所建设第三代同步辐射光源的建议"。这一提议得到上海科技界和上海政府的强有力支持，产生了如今的第三代上海光源，也算是北京开花，上海结果。

方守贤被任命为该工程科技委主任，他奔忙于北京、上海之间。质子加速器已发展成为国际上最先进的放射治疗装备，是对付癌症的有效手段。因此，自2007年起，方院士就积极推动并领导质子治癌加速器的研究，完成概念设计后在上海立项建成，为人民的健康造福。

世界上的粒子物理学家研究总结了一个粒子表，将世界上所有的相关数据都记录下来，郑志鹏和同事们对此做出了重要贡献，其中包括"τ 轻子质量"的测量。他们用了一种新方法，使得测量精度提高了10倍，而且修正了国外测量的错误，令国际科学家们由衷佩服。

采访郑志鹏先生时，他说到BES Ⅲ 在2013年又发现了一个新的粒子，以前找到的粒子都是两个夸克、三个夸克，而他们现在发现的是四个夸克组成一个粒子的证据。两个夸克可组成介子，三个夸克可组成重子，四个夸克组成什么，在此之前没有定论。中国科学家运用北京谱仪找到这个新粒子的证据，引起了世界轰动。

得来不易。郑志鹏年逾60岁仍然和年轻人一起长时间守在屏幕前收集数据，北京谱仪一个小时的运行费就需一万多块钱，他们十分珍惜，收集数据越多，就意味着会有更多的物理发现。郑志鹏乐此不疲。

对撞机每天24小时对撞，谱仪就像一面张开的网，捕捉着任何瞬间产生的信号，记录在一个磁带里。然后科学家们用先已做出的软件读出数据，再做物理分析，看里面有没有新的粒子。分析的过程十分复杂，高能所在不同时期从全国各地招来一批批研究生，专门做数据分析，那些年轻人后来一个个都成了著名的科学家。

叶铭汉九十寿辰时，郑志鹏写了一篇文章回忆当年，两人不约而同地感慨："看来当初除了抓硬件以外，抓数据分析是对的，抓得早，抓出了人才，可以一代代接下去做了。"是的，他们的学生很快接下了接力棒，有50岁的，40岁的，他们带着更年轻的学生，一代接着一代，就像发现的新粒子一样，粲然而至，构成了物理学界的美丽风景。

比他们年轻的陈和生，中国第一个博士后，代表着改革开放人才兴起的一代，他历任中国高能物理学会理事长、国际未来加速器委员会委员、亚洲未来加速器委员会主席等职，如今也已年过七旬了，从前走路大步流星的他，现在已不能再那么率性。那天坐在他的办公室，见他边说话边吃下一大把药片，我问吃的是什么药？他说："有点房颤。"他的脸色看上去有些苍白，跟他一直劳累有关。他在担任所长期间，做了很多大事，主持北京正负电子对撞机重大改造工程，取得圆满成果；主持中国散裂中子源的设计建造；他还结合国际粒子物理的最新进展，提出加强非加速器物理实验研究，如粒子天体物理实验、羊八井宇宙线观测和大亚湾反应堆中微子实验等，做出了很多世界一流的科技成果。

陈和生还卓有成效地领导高能所积极加强国际合作，比如大型强子对撞机建在欧洲，中国第一次以平等合作伙伴的身份，参与到国际顶尖科研项目当中，不仅有很多中国科学家参与了欧洲对撞机的研制和两项主要实验，甚至其探测器的部分结构都是在中国研发的。中国科学家与国际上的科学家们一起创造了人类的奇迹，并在今后可以共同分享对撞期间的研究数据。

陈和生目前仍担任北京正负电子对撞机国家实验室主任，他说在国外，国家实验室的作用十分重要，他很希望咱们的实验室能够进一步发挥指导性的作用，而不要太过于分散。目前在全国各地争上项目的现象比较普遍，有时候会重复建设，浪费资源。

他说这些话时，陷入一种沉思的表情。

目前他更重要的工作是担任广东东莞散裂中子源项目的负责人，每个月差不多有三分之二的时间在广东，领导那里的研究和管理。王贻芳先前曾给我介绍过大亚湾的建设，他说那里的一切都跟陈和生分不开。当年为了能取得大亚湾核电站的同意和支持，并占有一块地，费了不少功夫，最终陈和生以他的学术权威和稳重诚信赢得了广东当地政府的信任。中国的高能物理已先后在大亚湾、东莞、开平等地落地生根。

陈和生那会儿为了大亚湾那块地，曾笑着对广东人说，"如果以后研究出了成果，人们记得的可能不会是别的，就是大亚湾。"后来果然被他说中了，王贻芳的团队获奖之后，新闻媒体高频率流传的正是"大亚湾中微子"。

"高能物理在科学的前沿进行研究，是一种知识的探索，并不知道未来会有什么用处，但请相信今天的科学将是明天的技术。"这是陈和生常说的一句话，打动了很多人。在东莞，高能物理人俨然已和当地融为一体。东莞人声称："支持科学家，提升了东莞的文明，非常值得。"

火车头一直在向前开。

十二、国之利器

荷马史诗中的英雄阿喀琉斯，是凡人珀琉斯和美貌仙女忒提斯的宝贝儿子。寓言里说，忒提斯为了让儿子炼成“金钟罩”，在他刚出生时就将其倒提着浸进冥河，遗憾的是，儿子被母亲捏住的脚后跟却不慎露在水外，全身留下了唯一一处“死穴”。后来，阿喀琉斯被帕里斯一箭射中了脚踝。后人常以“阿喀琉斯之踵”比喻这样一个道理：即使是再强大的英雄，他也有致命的死穴或软肋。

在二十国集团领导人第十次峰会上，习近平总书记在关于世界经济形势的发言中引用了至今流传在欧洲的这句谚语“阿喀琉斯之踵”，他诚挚地说：“创新发展注重的是解决发展动力问题。我国创新能力不强，科技发展水平总体不高，科技对经济社会发展的支撑能力不足，科技对经济增长的贡献率远低于发达国家水平，这是我国这个经济大个头的‘阿喀琉斯之踵’。新一轮科技革命带来的是更加激烈的科技竞争，如果科技创新搞不上去，发展动力就不可能实现转换，我们在全球经济竞争中就会处于下风。"

这一番话可谓面对全世界吹响了中国科技创新的进军号。

从中科院高能所所长王贻芳和党委书记潘卫民那里得知，为进一步满足高能物理和同步辐射实验的需求，切实发挥设施的效用，高能所围绕北京正负电子对撞机的运行和管理，在优化学科布局、体制机制改革、人才队伍建设、科研环境建设等方面进行了一系列的创新实践：

结合国家重大需求和学科发展前沿，积极部署前瞻性、战略性、突破性的研究工作，培育新的学科生长点；加强学科布局和组织结构的调整，整合资源，开展深层次的科研和工程管理、人事管理、考核激励等一系列体制机制的改革与探索，最大限度地调动和发挥科研人员、工作人员的积极性。

坚持培养与引进相结合，建立起优秀的、富有活力的科技和管理队伍；加强国际、国内合作与交流，提高科学研究的整体创新能力；通过设立开放课题、聘请客座研究人员、建立合作研究组和联合实验室、合作培养研究生等方式来提高开放度等。

北京正负电子对撞机在不断延伸创新。

仅磁铁和微波部件方面，其设计和研发水平已达到国际先进水平，先后向美国、日本、意大利、韩国出口磁铁、加速管、能量倍增器、微波系统波导元件等高科技产品，为国家赢得了荣誉；

微波和高频技术的突破为中国电视、广播事业发挥了重要功能，多项技术用于彩色电视发射机速调管的批量生产；

对撞机相关的超高真空技术研究，使中国高技术发展有了较大突破，上海真空泵厂、沈阳科学仪器研制中心等一批企业，由此具有了生产超高真空系统的能力，向科研单位、航天工业、电子工业等部门提供了优质产品，并有多项产品出口；

对撞机"一机两用"的研究成果，曾获得国家自然科学二等奖8项，中国科学院自然科学一等奖3项、二等奖2项、杰出科技成就奖1项，以及中国物理学会吴有训奖、王淦昌奖、胡刚复奖等奖励。

1986年前后毕业于中国科技大学的朱自安等人，从北京正负电子对撞机建造时踏进高能所的大门，一眨眼也三十年了。朱自安年轻那会儿就初生牛犊不怕虎，受命于超导磁铁的研发，领着比他更为年轻的一帮人，在老科学家们的指导下，几乎从零开始，一口气把超导磁铁做到了国际先进水平，实现了大型探测器超导磁铁的跨越式发展，并将技术成果应用到国内的工业、医疗、矿山等多种行业。有的企业原先从国外进口该类型的超导设备，得知在北京，在中科院高能所的实验物理中心就能做这个，价格比国外要便宜三分之一，质量还要好，都高兴得不行。

在我的采访笔记本里，夹着朱自安给我的一小段超导线。

　　那天在谈话中，朱自安说超导线比头发丝还要细很多，我说能在你这儿看到吗？他环顾四周，办公室里没有，便打了个电话，让人给截来一段。我想象，它会像一根电线？但那人进门之后，却没见他拿什么东西，等朱自安问，"线呢？"他伸开手，我才惊讶地看见那人手心里卧着一根细铜丝。

　　不过10厘米长，弯曲着，铜其实只是外皮，从两头截开的断面那儿露出成千上万根超导丝，看不清也数不清，摸上去毛茸茸的，就像是极为轻软的丝线，转眼可以织成可爱的绸缎。

　　我跟朱自安讨要了这根小超导线，小心地夹在采访本的封皮里，写作时，过一阵子就忍不住想拿出来看看，它让我天马行空，浮想联翩。它具备很多意味，犹如中国科学家的创新，丰富而又细腻。

　　像朱自安这样的团队，在高能所，围绕北京正负电子对撞机的研究运行的还有很多个。马力、王九庆、秦庆、吕军光、徐刚、陈元柏、朱科军、屈化民、于程辉等均为骨干，他们在大对撞的机遇中成长，又不断提携起新的一代。围绕北京正负电子对撞机工作的科学家们来自祖国的不同地域，不同民族，他们都已成为人们的骄傲，他们的家人、朋友和乡亲，会敬仰他们的事业，传颂他们那些为科学奋斗的故事。

　　想当年，前辈们追求一生的梦想就是要建成中国的高能加速器，完成历史的大对撞；而当下，新一代的梦想是要维护老一辈创造的科学阵地，同时在中国进一步建成世界先进水平的高能物理实验基地、先进加速器技术发展前沿中心，让中国的高能物理研究所成为世界一流的研究所，永远在世界高科技领域占有一席之地。

科技是国之利器，中国要强，中国人民生活要好，必须有强大科技。目前我国的发展已处于新的历史起点，科技创新被摆在更加重要的位置上，建设世界科技强国的号角已吹响。

我们身处一个伟大的新时代。

伟大的时代需要杰出的英雄，杰出的新创造。

北京正负电子对撞机，凝聚了一批中国英雄的智慧创新，为国争光，为民造福，为人类开天眼。

北京正负电子对撞机，国之利器！

一、北京正负电子对撞机工程建设、二期改造工程（BEPCⅡ工程）大事记

（1970—2019年）

1970—1979年

●1972年8月18日，时任中科院原子能研究所副所长张文裕等18位同志写信给周恩来总理，提出发展高能物理必须建造高能加速器，建议建立我国自己的粒子物理实验基地。

●1972年9月11日，周恩来总理复信张文裕、朱光亚，对高能物理研究和高能加速器的预制研究工作做出指示："这件事不能再延迟了。科学院必须把基础科学和理论研究抓起来，同时又要把理论研究与科学实验结合起来。高能物理研究和高能加速器的预制研究，应该成为科学院要抓的主要项目之一。"

●1973年2月1日，根据周恩来总理批示同意的二机部、中科院《关于高能物理研究和高能加速器预制研究的报告》，在原子能研究所一部的基础上成立"中国科学院高能物理研究所"，张文裕任所长。

●1975年12月23日，周恩来总理和邓小平副总理批准国家计委《关于加速器预制研究和建造问题的报告》，"七五三工程"启动。

●1977年11月，华国锋主席、党中央批准《关于加快建设高能物理

实验中心的请示报告》，"八七工程"启动。

1980—1989年

● 1981年5月4—7日，国家科委"八七工程"指挥部和中科院数理学部联合召开"高能物理玉泉路研究基地调整方案论证会"。

● 1981年9月22—25日，中科院数理学部在北京召开"2.2吉电子伏正负电子对撞机预制研究方案论证会"，讨论高能所提出的注入器、储存环和探测器的预制研究项目，决定开展对撞机工程预制研究。

● 1982年1月21日，高能所向中科院报送《玉泉路工程调整计划任务书》，计划建造一台2×22亿电子伏正负电子对撞机。

● 1982年3月23日，启动对撞机工程预制研究，下发《调整加速器和实验物理各研究室机构的通知》，决定设立电子直线加速器研究室、储存环研究室、质子直线加速器及应用研究室、自动控制及束流测量研究室、第一实验物理研究室、第二实验物理研究室，撤销加速器及实验物理原有各室。

● 1982年6月19日，派出由21名科技人员组成的考察组到美国斯坦福直线加速器中心进行设计考察，完成对撞机工程初步设计，基本确定加速器的主要参数。

● 1983年4月25日，国务院批准国家计委《关于审批2×22亿电子伏正负电子对撞机建设计划的请示报告》。工程包括两项建设内容，一是新建一台能量为2×22亿电子伏的正负电子对撞机；二是将在建的10兆电子伏质子直线加速器扩展为35兆电子伏。

● 1983年12月，中央书记处第一○三次会议决定将北京正负电子对撞机工程列入国家重点工程建设项目，并成立对撞机工程领导小组。

● 1984年6月25日—7月4日，北京正负电子对撞机工程扩初设计审查会在京召开。会议通过了技术审查小组对工程的审查报告，并建议国家有关部门批准这项工程的扩初设计。

●1984年10月7日，北京正负电子对撞机工程破土动工，邓小平等党和国家领导人亲自为工程奠基。

●1986年5月6日，北京正负电子对撞机工程总体安装正式开始。谷羽、林宗棠、岳致中等同志及300多位代表出席安装开工典礼。

●1987年12月，注入器总调成功，将电子束流注入储存环，观测到了同步辐射。电子束能量为1.17吉电子伏，脉冲流强为140毫安。

●1987年12月17日，电子首次注入储存环。

●1988年10月16日，北京正负电子对撞机实现正负电子对撞，亮度达到 $8 \times 10^{27} \mathrm{cm}^{-2} \mathrm{s}^{-1}$。

●1988年10月24日，邓小平等党和国家领导人视察北京正负电子对撞机，慰问参加工程建设的代表。邓小平同志发表"中国必须在世界高科技领域占有一席之地"的重要讲话。

●1989年9月，北京谱仪（BES）开始物理实验。

●1989年10月6日，江泽民同志视察北京正负电子对撞机。

1990—1999年

●1990年7月21日，北京正负电子对撞机工程通过国家验收。后获得1990年度国家科技进步奖特等奖。

●1990年12月，北京正负电子对撞机国家实验室成立。

●1991年，同步辐射装置从调试转入试运行，并首次向国内用户开放。

●1991年9月10日，朱镕基同志视察北京正负电子对撞机。

●1992年1月20日，北京谱仪圆满结束τ轻子质量测量实验工作，共获取了积分亮度达5000nb^{-1}的数据。

●1993年1月7日，高能所"τ轻子质量的精确测定结果"入选1992年度全国十大科技成就。

●1993年5月，中科院批准《北京正负电子对撞机改进项目可行性研究报告》《北京谱仪改进项目可行性研究报告》。

●1994年9月16日，胡锦涛同志视察北京正负电子对撞机。

●1997年7月，高能所向中科院上报"北京正负电子对撞机下一步发展预制研究项目建议书"，提出对BEPC进行重大改造的单环麻花轨道的BEPC Ⅱ方案。

●1999年2月7日，"北京正负电子对撞机/北京谱仪/北京同步辐射装置改进"项目顺利通过鉴定。

●1999年6月，中科院向国家科教领导小组第五次会议提交"中国高能物理发展战略"，汇报了中国高能物理近期发展目标和中长期发展规划，提出BEPC Ⅱ方案。国家科教领导小组决定增加BEPC年度运行经费，并安排设备改进和未来发展的R&D（研发）经费。

2000年

●2000年7月27日，国家科教领导小组第七次会议审议并原则同意中科院"关于我国高能物理和先进加速器发展目标"的报告，同意在北京正负电子对撞机取得成功的基础上对该装置进行重大改造。

2003年

●2003年2月10日，国务院第105次总理办公会议同意国家计委请示，批准BEPC Ⅱ项目建议书。

●2003年10月30日，国家发改委批复BEPC Ⅱ可行性研究报告。

●2003年12月16日，中科院批准BEPC Ⅱ初步设计及概算。

●2003年12月30日，中科院批复BEPCⅡ施工组织设计大纲，批准BEPCⅡ正式开工。

2004年

●2004年1月17日，召开BEPCⅡ动员大会，中科院院长路甬祥到会，并做重要指示。

●2004年4月30日，举行BEPC/BES圆满完成任务庆祝会暨BEPCⅡ设备安装仪式，中科院副院长、BEPCⅡ项目管理委员会主任白春礼主持仪式。

●2004年11月19日，BEPCⅡ改造工程取得阶段性进展——电子直线加速器完成设备安装并调试出束。

●2004年12月30日，北京正负电子对撞机重大改造工程圆满完成2004年改造任务，恢复同步辐射运行。

2005年

●2005年3月19日，BEPCⅡ工程直线加速器正电子调束成功。

●2005年6月30日，工程指挥部召开全体工程人员大会，BEPCⅡ工程进入第二阶段，储存环拆装工作启动。

●2005年7月4日，BEPC圆满完成历史使命，BEPC储存环的拆除工作正式开始。

2006年

●2006年1月10日，BESⅢ国际合作组正式成立。

●2006年3月2日，BEPCⅡ储存环隧道主体设备安装正式开始。

●2006年6月16日，BEPCⅡ中央控制室正式投入使用。

●2006年9月19日，BESⅢ超导磁体研制成功。

●2006年10月29日，储存环主体设备完成安装。

●2006年11月18日，BEPCⅡ成功实现电子束在储存环中的积累。

2007年

●2007年3月20日，BEPCⅡ首次实现正、负电子束流同时积累。

2008年

●2008年1月6日，BESⅢ成功获取宇宙线事例。

●2008年4月19日，BESⅢ探测器推到对撞点。

●2008年7月19日，BEPCⅡ加速器与北京谱仪联合调试对撞成功，圆满完成建设任务。

●2008年11月4日，温家宝同志考察北京正负电子对撞机重大改造工程。

2009年

●2009年5月13日，在1.89吉电子伏能量下BEPCⅡ的对撞亮度达到$3.01 \times 10^{32} cm^{-2} s^{-1}$，达到亮度的验收指标。

●2009年7月17日，BEPCⅡ工程通过国家验收，标志着高能所经过五年的努力，以十分有限的投资，按进度、按指标、按预算、高质量地完成了BEPCⅡ的各项建设任务。

●2009年11月9日，BEPCⅡ开始与BSRF联合调试，12日开始为BSRF用户供束。

2010年

●2010年2月3日，BESⅢ国际合作组发言人王贻芳对外宣布，利用重大改造后的北京正负电子对撞机（BEPCⅡ）上产生的1亿ψ事例，BESⅢ国际合作组获得首批重要物理成果。

2011年

●2011年1月14日，2010年度国家科学技术奖励大会在人民大会堂隆重举行。"BES-Ⅱ DD-bar阈上粒子ψ(3770)非DD-bar衰变的发现和D物理研究"获2010年国家自然科学奖二等奖。

2012年

●2012年1月18日，北京正负电子对撞机重大改造工程研究集体获2011年中国科学院杰出科技成就奖。

●2012年5月22日，BEPCⅡ/BESⅢ单轮运行获取10个亿J/ψ事例，为在J/ψ能区早出物理成果奠定了坚实的基础。本次BEPCⅡ在J/ψ能量上运行40余天即获得了10.3亿事例，相比BEPC/BESⅡ在1999—2001两个运行年度总共获得5800万J/ψ事例，BEPCⅡ/BESⅢ的性能有了极大提高。

●2012年9月13日、9月26日，受国家发展改革委员会委托，上海投资咨询公司组织相关专家对中国科学院高能物理研究所建成的北京正负电子对撞机重大改造工程（BEPCⅡ）进行了后评价。

2013年

●2012年12月14日至2013年1月14日，BEPCⅡ和BESⅢ成功完成在质心系能量4.26吉电子伏的数据采集，共积累515pb^{-1}积分亮度的事例，为研究Y(4260)及其衰变产生的其他粲偶素和类粲偶素粒子奠定了基础。

●2013年3月26日，北京正负电子对撞机上发现新的共振结构，暂时命名为Zc(3900)。新发现的Zc(3900)含有粲夸克和反粲夸克，且带有和电子相同或相反的电荷，提示其中至少含有4个夸克，可能是科学家们长期寻找的一种奇特强子。

●2013年7月17日，习近平同志考察北京正负电子对撞机。

●2013年12月30日，"BESⅡ国际合作组发现四夸克态Zc(3900)"位列美国《物理》杂志评选出的2013年物理学11项重要成果之首。

2014年

●2014年1月10日，高能所"BESⅡ实验发现新粒子"项目荣获2013年国家自然科学二等奖。

●2014年4月14日，北京同步辐射装置1W1A-漫散射实验站和1W1B-XAFS实验站首次在兼用模式下对用户开放，开展同步辐射实验。

2015年

●2015年7月14日，北京同步辐射装置成功实现恒流注入（Top-up）运行，束流流强控制在250±0.1毫安，达到国际先进水平，这是BSRF在提高性能方面的又一重要里程碑。

2016年

●2016年2月，BESⅢ实验首次阈值上直接测量Λc重子衰变。

●2016年4月5日22:29，BEPCⅡ实现对撞亮度$1 \times 10^{33} cm^{-2} s^{-1}$，成功

达到了BEPCⅡ对撞亮度设计指标，标志着对撞机的性能达到改造前的100倍，创造了该能区对撞亮度的世界纪录。

●2016年4月12日，BEPCⅡ对撞亮度顺利通过由中国科学院条件保障和财务局组织的测试鉴定。

2017年

●2017年1月9日，2016年度国家科学技术奖励大会在人民大会堂举行，"北京正负电子对撞机重大改造工程"获2016年国家科学技术进步奖一等奖。

2019年

●2019年2月11日，BESⅢ国际合作组累计获取100亿J/ψ事例即配套连续区数据，将能以前所未有的精度寻找和研究奇特强子态、精确检验强相互作用。

二、北京正负电子对撞机重大改造工程（BEPCⅡ）
主要完成单位名单

中国科学院高能物理研究所

中航工业成都飞机工业有限责任公司

中信重工机械股份有限公司

中国科学技术大学

航天材料及工艺研究所

中国科学院理化技术研究所

中国科学院合肥物质科学研究院

湖北汉光科技股份有限公司

中国科学院上海硅酸盐研究所

中国科学院上海应用物理研究所

北京机床研究所

中国舰船研究院

天水电气传动研究所有限责任公司

北京博兴科源电子技术有限公司

中国核工业中原建设公司

三、北京正负电子对撞机（BEPC&BEPCⅡ）
相关历年获奖情况

获奖名称	获奖类别	授奖部门	获奖时间
北京正负电子对撞机重大改造工程	国家科学技术进步奖一等奖	国务院	2016
同步辐射纳米分辨三维成像平台和实验方法	北京市科学技术奖一等奖	北京市人民政府	2014
Belle实验新粒子的发现和研究	北京市科学技术奖二等奖	北京市人民政府	2014
北京谱仪Ⅱ实验发现新粒子	国家自然科学奖二等奖	国务院	2013
北京同步辐射小角X射线实验平台	北京市科学技术奖二等奖	北京市人民政府	2012
北京正负电子对撞机重大改造工程研究集体	中国科学院杰出科技成就奖（无等级）	中国科学院	2011
北京谱仪Ⅲ离线软件系统	北京市科学技术奖二等奖	北京市人民政府	2011
粲偶素产生和衰变机制的实验研究	北京市科学技术奖二等奖	北京市人民政府	2011
北京谱仪Ⅲ CsI(Tl)晶体电磁量能器	北京市科学技术奖三等奖	北京市人民政府	2011
对撞机探测器—CsI晶体电磁量能器机械装备研制	中国机械工业科学技术奖二等奖	中国机械工业科学技术奖联合会、中国机械工业学会	2011
北京谱仪Ⅱ实验发现新粒子	北京市科学技术奖二等奖	北京市人民政府	2010
BES-Ⅱ DD-bar阈上粒子ψ(3770)非DD-bar衰变的发现和D物理研究	国家自然科学奖二等奖	国务院	2010
BESⅢ超导磁体研制	北京市科学技术奖二等奖	北京市人民政府	2010
北京谱仪Ⅲ数据获取系统	北京市科学技术奖三等奖	北京市人民政府	2010
北京谱仪Ⅲ主体结构研制	北京市科学技术奖三等奖	北京市人民政府	2010

续表

获奖名称	获奖类别	授奖部门	获奖时间
北京谱仪电磁量能器读出电子学	北京市科学技术奖三等奖	北京市人民政府	2010
北京谱仪Ⅲ飞行时间探测器	北京市科学技术奖三等奖	北京市人民政府	2010
同步辐射高温高压实验平台的建设及应用	北京市科学技术奖二等奖	北京市人民政府	2009
BEPCⅡ正电子源研制	北京市科学技术奖一等奖	北京市人民政府	2008
BEPCⅡ对撞区双孔径四极磁铁的研制	北京市科学技术奖二等奖	北京市人民政府	2008
BESⅡψ(3770)和D物理若干前沿问题和疑难问题的研究	北京市科学技术奖三等奖	北京市人民政府	2008
北京正负电子对撞机束流管系统的研制	教育部科技进步奖二等奖	教育部	2008
同步辐射软X射线实验平台的建立及其在国家高技术中的应用	北京市科学技术奖二等奖	北京市人民政府	2006
2-5吉电子伏能区正负电子湮没产生强子反应截面（R值）的精确测量	国家自然科学奖二等奖	国务院	2004
北京同步辐射生物大分子晶体学光束线与实验站建设及应用	北京市科学技术奖二等奖	北京市人民政府	2004
利用北京正负电子对撞机上完成的2-5吉电子伏能区的R值测量	北京市科学技术奖一等奖	北京市人民政府	2003
2-5吉电子伏能区正负对撞强子反应截面的精确测量研究集体	中国科学院杰出科技成就奖（无等级）	中国科学院	2003
北京谱仪上J/ψ衰变物理的实验研究	中国科学院自然科学奖二等奖	中国科学院	2001
ψ(2S)粒子及粲夸克偶素物理的实验研究	国家自然科学奖二等奖	国务院	2001
ψ(2S)衰变及次生粲夸克偶素物理的实验研究	中国科学院自然科学奖一等奖	中国科学院	2000
同步辐射软X射线多层膜反射率计装置及其应用	国家技术发明奖二等奖	国务院	2000
北京正负电子对撞机同步辐射XAFS实验装置及其应用	北京市科学技术奖二等奖	北京市人民政府	2000

续表

获奖名称	获奖类别	授奖部门	获奖时间
北京正负电子对撞机(BEPC)新安全连锁系统	北京市科技进步奖二等奖	北京市人民政府	1999
J/ψ粒子共振参数的精确测量	中国科学院自然科学奖二等奖	中国科学院	1998
同步辐射软X射线多层膜反射率计装置及其应用	中国科学院科技进步奖二等奖	中国科学院	1998
北京谱仪Ds物理的研究	中国科学院自然科学奖一等奖	中国科学院	1997
3W1永磁扭摆磁铁	中国科学院自然科学奖三等奖	中国科学院	1997
τ轻子质量的精确测量	国家自然科学奖二等奖	国家奖励办	1995
τ轻子质量的精确测量	中国科学院自然科学奖一等奖	中国科学院	1993

四、北京正负电子对撞机工程获奖人员名单

谢家麟　方守贤　叶铭汉　陈森玉　张厚英　柳怀祖
章　炎　徐绍旺　石寅生　周　述　郑志鹏　席德明
刘世耀　冼鼎昌

李广林　朱孚泉　严太玄　蒋延龄　魏开煜　吴英志
曹　瓒　刘德康　沈宝华　郁忠强　严武光　马基茂
朱善根　周月华　盛华义　顾树棣　吴坚武　李建平
王　津　潘惠宝　徐建铭

罗应雄　顾孟平　任文彬　孙松岚　杜锡九　钟世材
郑国庆　庞家标　蔡志国　秦　玖　周纪康　张　闯
陈利民　国智元　韩　谦　汤树明　王丽珍　成慧君
汤　城　赵籍九　黄开席　周锦宝　邹述文　王泰杰
过雅南　李　金　张长春　毛慧顺　朱永生　邓树森
祝玉灿　倪惠苓　白景芝　薛生田　方　澄　胡家伟
唐素秋　高翠山　庄保安　舒德明　陈仁怀　夏绍建
景毓辉　吴靖民　孙长远　陈鹤芳　季　熙　刘清藩
王恒久　高启荣

颜斌山　赵富广　蔡　宽　吴文泰　刘玉成　朱国辉
刘润德　周晓光　张灿英　乐　文　凌达春　尹兆升
李建国　厉斌方　赵升初　李家才　郝跃斗　金有铠
陈延志　朱培明　吕继华　杨立平　蔡以兴　朱连生

于鸿璇	陈 绩	孙耀霖	高北岗	赵 滨	谢人仪
刘志满	李春明	侯正义	钱菊玲	张嘉菲	李有猛
杨学静	李 佳	管应重	陆昌国	王运永	王 曼
李如柏	张良生	顾维新	赵维仁	赵 萌	高文绣
徐芷菁	黄德强	韩世温	魏诚林	汪贤文	魏庄子
何孟嘉	王佩良	盛俊鹏	李建唐	高美丽	蒋建华
许正安	翁史良	凌如昭	刘玉涛	李光成	程渭伦
王德武	刘 景	邵贝贝	乔 珍	蔡文华	张志良
李世忠	王殿臣	张素忱	季 承	刘培泉	赵延平
王亚堂	吴兰平	密建麟	滕克俭	傅树权	肖永广
杨有山	李淑珍	王 劲	杨虎之	于燕游	宋月红
陈立宽	沈 莉	徐中雄	任芳林	郑有春	倪淦林
程 建	马 力	孙 毅	张锦堂	魏显祖	俞先明
周少娥	吴正良	张 文	唐金媛	王林林	刘 泰
叶恺蓉	米容生	李素蓉	张昌忠	那相印	吕 萍
包伯瑜	张 浩	黄永智	罗会英	于秀珍	史以福
杨 云	刘洪娟	郝玉英	吴传畴	何 凡	林绍鸾
牟大君	崔象宗	丁慧良	黄因智	周化十	张英平
高树琦	林树子	杨长友	谢佩佩	颜 浩	阙友昆
周永参	崔化传	史焕章	夏小米	沈本蔚	刘荣光
李佩琴	王临洲	赵棣新	陆伟达	何 矩	刘 玮
边 强	张炳云	何可人	杨春敏	张会领	杨成章
张浩云	屈云河	沈定力	于传松	王 锋	陈沈南
李 蔚	赵京伟	沈 经	王中和	李正信	谢小希
吴书华	赵宗勤	傅永利	刘茂三	马兴华	刘凤琴

石才土　熊慎涛　黄达贤　董宝中　唐鄂生　朱润生
崔明启　朱樟震　王　渭　李大仕　申桂林　雷传藩
刘列夫　刘树德　刘曙东　姜文贵　汤月里　奚基伟
黄　泓　林国平　唐　晓　朱正宜　黄炳松　李树林
杨贯玉　汪景怡　黄富河　张敦安　李卜昌　田　成
林昌和　熊冠武　陶玮时　王莫托

永无止境

一眨眼，进入第五个年头了。

记得那年夏季到上海之后，在写一篇关于李政道先生的文章中，我还兴趣盎然地提到刚过去的春天。丙申春天来得很早，北京的樱桃花刚到四月就开了，小小的蓓蕾在一夜春雨之间，缀满了树枝，在去往北京西郊中科院高能所的路上，便能隐约闻到花儿的芬芳。正是在那芳香的气息里，我一次次走进那座全国一流物理学家汇集的大院。

实际上，应该是从2015年的秋末，我便开始走进这座陌生的科学殿堂，对物理学家们进行采访，至今快5年了。

走过四季，高能所大门前的雕塑已被我熟悉，那造型奇特的"物之道"，由两级螺旋式钢管向着的不同方向旋转，象征的是阴阳两极的巨大力量，表明天地万物均系对立物的统一。雕塑上刻着李政道清秀的手迹："物之道：道生物，物生道，道为物之行，物为道之成，天地之艺物之道。"这座令人遐想的雕塑正是来自李政道先生的创意，他热爱书法绘画，用中国的笔墨写下了那些富有中国哲学意味的文字，同时也是用艺术的语言阐释了正负电子的对撞。

"过去也好，今天也好，将来也好，中国必须发展自己的高科技，在世界高科技领域占有一席之地。"走进高能所大楼，便能看见右侧墙上镌刻着的邓小平这段名言。我多次经过，多次仰望，每次都能深深感到文字中所蕴含的铿锵之力，这位一生系于祖国命运的伟人曾说："我是中国人民的儿子，我深情地爱着我的祖国和人民。"所以，他所爱的祖国在世界上不能屈辱，不能无所作为，不能没有一席之地。"邓小平"三字手写，最后那长长的一笔用足了力量，可以看得出他的心劲。

沿着宽大的楼梯，走进一间间科学家的办公室，狭小简洁，但足够感觉出一种强大的气场，在朴素的外表之下，这座大楼里凝聚着中国物理科学的精华。我走近他们，高能加速器——北京正负电子对撞机，这个具有挑战性的话题，最初是那样陌生，但渐渐地，从陌生到熟悉，探测器、谱仪、夸克、轻子、中微子……这些词汇一天天变得生动起来。有时候，眼前似乎能看见中微子的漂浮，它们就像是有呼吸的生灵一样，游来游去。对撞机，则像一个庞大的巨人，有筋骨，有温度，神情深邃，是人的体温传给了他，他也是中国人民的儿子。

大对撞！

工程的来龙去脉就像长长的电影，人物、事件，矛盾冲突，不断推进，那些说故事的人就是剧中的主人公，他们是当年的亲历者，了不起的科学家。为了大对撞，许多人奉献了毕生的智慧和心血，我无法一一记录下他们的故事，也无法历数他们的姓名，唯一期望能做到的就是发出一种声音：

请记住他们的精神！

感谢高能所王贻芳所长及全体人员，给我提供了便利的采访条件，给了我真诚的信任。我与高能所副所长陈刚先生签订写作协议之后，高能所办公室的蒙巍、王晨芳、李雪几位女士一直在为我的采访多方联系，她们显示出高能所的良好风气。刚认识晨芳那会儿，她已有孕在身，到夏天时宝宝就出生了，而在这前后她总在为我的写作操心费神。

其间，我写的关于李政道先生的文章《红了樱桃，绿了芭蕉》，年过九旬的叶铭汉先生认真读后亲手进行了圈改，悉心增删了好些字词，让我深感一位大科学家的严谨学风。柳怀祖、张闯两位先生始终关心着这本书的写作，不时给我提供一些富有价值的信息，让我受益匪浅。此书成稿之后，杨国桢、陈和生、叶铭汉、王贻芳四位院士亲自审阅，提出中肯的修改意见。张闯先生从头至尾进行了修改批注，尤其对所涉及的专业术语更是细心校正，他用铅笔写下的那一行行字迹，浸润着这部书稿。

感谢所有接受过我的采访，包括那些虽然未能谋面但从各种渠道感知他们故事的科学家，以及对撞机工程所有的建设者，是他们为我今天的写作开掘出一条引人入胜的源流。还要感谢采访写作的策划与组织者——中科院、中国作协、中国科协及浙江教育出版社等有关机构提供的支持。

窗外车流如潮，我端坐于此冥思苦想。写作中，我意识到，要做一个耐得住寂寞的作家真不容易，而要做一个耐得住寂寞的科学家更是不容易，能进入人们视野的科学家从来只是极少的一部分，大多数科学家可能终生研究而默默无闻，并不为人所知。要弄明白一件事情，是多么的难，世界上万千事物，我们大多知其然不知其所以然，而依靠科学家们所付出的艰苦探索，才将人们引导抵达真实的彼岸。

中华人民共和国即将迎来70华诞，北京正负电子对撞机的建造自20世纪50年代第一次方案的提出，至今也将近70年，几代科学家伴随着它，写就了永恒的人生。

"历史车轮滚滚向前，时代潮流浩浩荡荡。历史只会眷顾坚定者、奋进者、搏击者，而不会等待犹豫者、懈怠者、畏难者。"习近平中国特色社会主义思想指引着中国人民伟大梦想的航船，在可敬的中国科学家们从不懈怠的奋斗之中建成科技强国指日可待。

那位骄傲的美国科学家盖尔曼曾决定写一部反映他内心世界的书，这时，一只完全不同的美洲豹出现在他脑海里，这只动物来自他在新墨西哥遇见的一位美籍华裔作家施加彰（Arthur Sze）所作的一首诗。一度曾在麻省理工学院学习过物理的施加彰送给盖尔曼一本他新出版的诗集《奔流滚滚》，其中一首《梦中的叶子是洋葱的叶子》打动了盖尔曼，他认为它描述了宇宙之中万物之间的联系：

夸克的世界中，

万事都与一只在夜间徘徊的美洲豹有关。

在盖尔曼看来，这两句诗表达了简单性如何导致复杂性的奥妙，以及万事万物皆有关联，精确的物理定律与有意识的生物之间暗藏着令人惊叹的必然的奇妙联系。

有一天，高能所内聚集了数百名可爱的孩子，他们是来参观北京正负电子对撞机的，开放部分包括直线加速器、输运线、储存环、北京谱仪和中央控制室等。那一双双充满稚气又带着好奇的眼睛，真让人喜欢，我一时很想猜测，在他们中间，哪些能成为科学家，成为明天的杨振宁、李政道、谢家麟、叶铭汉、方守贤、陈森玉、郑志鹏、陈和生、王贻芳……我相信，一定会有。孩子们从对撞机旁走过，他们会感受到一代科学家的神奇气韵，那些曾经穿行于其间的中微子，或许仍存留于此，向后来者传递着强有力的暗示：

永远心怀梦想，

永远爱自己的祖国，

目光远大，脚踏实地，坚定执着，

科学没有止境，艺术也没有止境，永远向着无穷的奥秘探索、探索！

2016.12.23初稿

2017.1.24修改

2017.9.15修改

2017.12.8修改

2019.7.16再次修改于北京

1978年前后，在方毅同志的支持下，《哥德巴赫猜想》《小木屋》《胡杨泪》等一批反映科学家和科技创新的报告文学作品相继问世，引起了强烈的社会反响。这些被人们认为反映了"科学的春天"到来的激越文字，已经或依然在影响着很多人的人生选择。

2013年5月，中国科学院启动了新一轮机关管理体制改革，成立了科学传播局。在传播局的战略规划中，明确提出创作一批反映科技创新、歌颂科技工作者的高质量文化产品，争取可以传世。在中国作家协会副主席白庚胜同志、中国科学院文联主席（现任名誉主席）郭曰方同志、中国科学院科学传播局局长周德进同志的倡议下，这一想法明确为创作出版一套反映新中国科技成就的报告文学作品。由此，中国科学院、中国作家协会、中国科学技术协会三方达成联合创作一套大型报告文学作品的高度合作共识。2015年1月，中国科学院、中国作家协会、中国科学技术协会主要领导联合会签工作方案，正式将其定名为"'创新报国70年'大型报告文学丛书"。

知易行难。经选题遴选、作家推荐、研究所对接，到2015年11月13日，"创新报国70年"大型报告文学丛书项目举行第一批选题签约仪式，6项选题正式开始创作。其后，项目进入稳步有序的推进阶段，先后组织了4批选题的编创工作。

这是一个跨部门、大联合、大协作的项目，从工作设想到一字一句落墨定稿，数百人为之操劳奔走，为之辛苦不眠，为之拈断髭须。在选题、作家遴选阶段，中国科学院12个分院近60家院属单位提交了选题方向建议，多家研究所主动联系项目办公室，希望承担选题创作支撑任务；白春礼、侯建国、钱小芊、白庚胜、谭铁牛、王春法、袁亚湘、杨国桢、万立骏、陈润生、周忠和、林惠民、顾逸东、王扬宗、彭学明等20余位院士、专家直接参与统筹指导、选题遴选工作，为从根源上保障丛书水准出谋划策；中国作家协会、中国科学技术协会给予项目高度支持，细心考虑多方因素，源源不断地推荐最合适的优秀作家，提供强有力的支撑。

在调研创作阶段，30余位作家舟车劳顿，不辞辛劳深入科研一线调研采访，深挖一人一事。以"青藏高原科学考察项目""东亚飞蝗灾害综合治理""顺丁橡胶工业生产新技术""灾后心理援助十周年纪实""从人工全合成牛胰岛素研究到人工全合成核糖核酸研究""从'黄淮海战役'到'渤海粮仓'""包头、攀枝花、金川综合开发项目""中国植物分类学发展与植物志书编纂""中国科大'少年班'""李佩先生相关事迹"为代表的选题，因涉及年代较为久远，跨越了一代甚至几代人的时光，部分重大工程参与单位遍布全国，部分中国科学院外单位甚至已经取消或重组，探访困难。纪红建、陈应松、薛媛媛、秦岭、铁流、李鸣生、杨献平、彭程、李燕燕、冯秋子等作家，在选题依托单位的支持下，以科研成果为中心，不囿于门户，尽最大可能遍访相关单位和亲历者，尊重历史、尊重科学的初心始终如一。以"从'望洋兴叹'到'走向深海大洋'""从无缆水下机器人研究到'蛟龙'号载人深潜器""猕猴桃属植物资源保护、种质创新及新品种产业化""我国两栖动物资源'国情报告'""中国泥石流研究""文章写在大地上——植物学家蔡希陶""中国北方沙漠化过程及其防治""冻土与沙漠地区工程建设支持西部发展""唤醒盐湖'沉睡'锂资源""澄江生物群和寒武纪大爆发"为代表的选题，采访、调研的客观条件较为恶劣。许晨、徐剑、李青松、裘山山、葛水平、李朝全、毛眉、李春雷、马步升、董立勃等作家，出远海、访林间、探深山、翻石冈、巡雨林、穿沙漠、过盐湖，亲历一线采风，与科研人员同吃同住同工作，以自己的亲身见闻，撰写出最生动的文章。而以"北京正负电子对撞机及二期改造工程""核聚变领跑记：中国的'人造太阳'""从黄土到季风""载人航天工程空间科学与应用""大气灰霾的追因与控制""高福院士和他的病毒免疫学团队""强激光技术""'中国天眼'及南仁东先生事迹"为代表的选题，涉及大量晦涩难懂的基础科学研究及其前沿进展。叶梅、武歆、冯捷、周建新、哲夫、张子影、蒋巍、王宏甲等作家克服极大困难，"跨界"学习自己所不熟悉的科学知识，甚至成了相关领域的"半个专家"。与此同时，中国科学院下属30余家科研院所逾百位分管领导和工作人员任劳任怨、尽职尽责，为作家创作提供支撑保障。如西北生态环境资源研究院办公室副主任岳晓，曾十余次陪同作家前往一线采访，包括环境艰苦恶劣的青海格尔木站和北麓河站（海拔4800米）、宁夏中卫沙坡头站、新疆天山冰川站和阿勒泰站等。

在审读定稿阶段，科学界、文学界近150位专家参与审读工作，为高质量作品的诞生提供有力保障。"冯康先生及其家族对中国科学技术的贡献"选题作家宁肯在书稿初稿创作完成后，秉着精益求精的态度，充分尊重各方建议，先后进行了三次重大调整，所付出的精力与调研创作时不相上下。"周立三先生对我国国情研究的贡献"选题作家杜怀超对作品精雕细琢，根据审读意见不断修改完善，对笔误也一一审校订正，力争做到尽善尽美。

"创新报国70年"大型报告文学丛书的创作出版工作，已历时五年。这五年中，科学与文学相互激荡、科学家与文学家激情碰撞。这些"碰撞"，也成为开展工作的难点所在。例如，书稿标题的拟定，是应当更平实，还是更富文学性？一项科研工作，是应当尽可能全面展示，还是选取最具可读性的片段施以浓墨重彩？一个或多个工作团队中，应当展现什么人物？又该重点展示这些人物的哪些方面？凡此种种，在成稿之前，作家和科研人员都展开了无数轮"激烈"讨论，经过多方考虑才达成一致。这些或大或小的"碰撞"，在编写过程中，是大家的焦虑所在；在最终呈现给大家的这套书中，也许将是最精华之所在。处理或有不周，但作为一种"跨界"的磨合，相信读者会读出不一样的精彩。

"创新报国70年"大型报告文学丛书项目办公室设在中国科学院科学传播局，联合中国作家协会创联部、中国科学技术协会调宣部共同开展统筹协调工作。项目执行单位先后设在中国科学院计算机网络信息中心、中国科学院文献情报中心。前前后后，数十人为之操劳奔忙，他们是中国科学院的杨琳、胡卉、储姗姗、李爽、陈雪、崔珞、王峥、孙凌筱、张颖敏、岳洋，中国作家协会的高伟、范党辉、孟英杰，中国科学技术协会的孟令耘等。这个团队持续跟踪选题创作和审读进展，及时发现问题、解决问题，付出了大量的时间和精力，保障了丛书的顺利出版。

感谢中国作家协会、中国科学技术协会、中国科学院以及浙江教育出版社的精诚合作，感谢各位专家、作家和工作人员对此项工作的辛勤付出，相信"创新报国70年"大型报告文学丛书的出版能够有力地传承科学文化，推进科技与人文融合发展，弘扬社会主义核心价值观和新时代科学家精神，为实现中华民族伟大复兴的中国梦发挥出独特作用。

"创新报国70年"大型报告文学丛书项目组

2019年6月

图书在版编目（ＣＩＰ）数据

大对撞 / 叶梅著. -- 杭州 ： 浙江教育出版社，
2019.9
（"创新报国70年"大型报告文学丛书）
ISBN 978-7-5536-9352-1

Ⅰ．①大… Ⅱ．①叶… Ⅲ．①报告文学－中国－当代
Ⅳ．①I25

中国版本图书馆CIP数据核字(2019)第162145号

"创新报国70年"大型报告文学丛书

大对撞
DA DUIZHUANG

叶梅　著

策　　划：周　俊
责任编辑：吴颖华　段　炼　沈久凌
责任校对：谢　瑶
责任印务：陆　江
出版发行：浙江教育出版社（杭州市天目山路40号　邮编：310013）
图文制作：杭州林智广告有限公司
印刷装订：浙江海虹彩色印务有限公司
开　　本：635 mm×965 mm　1/16
印　　张：20
字　　数：218 000
版　　次：2019 年 9 月第 1 版
印　　次：2019 年 9 月第 1 次印刷
标准书号：ISBN 978-7-5536-9352-1
定　　价：68.00 元
联系电话：0571-85170300-80928
网　　址：www.zjeph.com